Fischer TaschenBibliothek

Alle Titel im Taschenformat finden Sie unter:
www.fischer-taschenbibliothek.de

Zwei Freundinnen betreiben ein Café in Frankfurt am Main. Es ist Weihnachtszeit, Advent. Die eine ist Mutter von zwei Kindern, ihren Ehemann hat sie vor Jahren verloren. Ihre Freundin Lilli ist früh Mutter geworden und hat ebenfalls eine schwierige Vergangenheit. Mit einer guten Gabe Humor und Lebensklugheit meistern die beiden Frauen ihren Alltag – als Mütter, als Freundinnen, als Geschäftsfrauen und als Hausbesitzerinnen. Denn einige Zeit zuvor haben sie zusammen ein Wochenendhaus im Odenwald gekauft, unbewohnbar noch, das Dach offen, keine Fenster. Doch immer wieder Ziel ihrer Gedanken und Träume: Irgendwann einmal Weihnachten in diesem Haus feiern, alle zusammen, das wäre wunderbar! Doch so eingespannt, wie sie in ihrem Lebensalltag sind, brauchte es wohl einen Engel, der sich um alles kümmert …

Zsuzsa Bánk, geboren 1965, arbeitete als Buchhändlerin und studierte anschließend in Mainz und Washington Publizistik, Politikwissenschaft und Literatur. Heute lebt sie als Autorin mit ihrem Mann und zwei Kindern in Frankfurt am Main. Für ihren ersten Roman »Der Schwimmer« wurde sie mit dem aspekte-Literaturpreis, dem Deutschen Bücherpreis, dem Jürgen-Ponto-Preis, dem Mara-Cassens-Preis sowie dem Adelbert-von-Chamisso-Preis ausgezeichnet. Auch ihr Erzählungsband »Heißester Sommer« und die Romane »Die hellen Tage« und »Schlafen werden wir später« wurden große Erfolge. Zuletzt erschien »Sterben im Sommer«.

Weitere Informationen finden Sie auf www.fischerverlage.de

ZSUZSA BÁNK

WEIHNACHTSHAUS

FISCHER TaschenBibliothek

FSC MIX
Papier | Fördert
gute Waldnutzung
FSC® C083411
www.fsc.org

3. Auflage: Juli 2024

Erschienen bei FISCHER Taschenbuch
Frankfurt am Main, Oktober 2021

Lizenzausgabe mit freundlicher Genehmigung der
edition chrismon in der Evangelischen Verlagsanstalt, Leipzig
© 2018 by edition chrismon
in der Evangelischen Verlagsanstalt, Leipzig
Die Nutzung unserer Werke für Text- und Data-Mining
im Sinne von § 44b UrhG behalten wir uns explizit vor

Umschlaggestaltung: Cornelia Niere
Umschlagabbildung: Orlando Hoetzel, Berlin
Satz: Dörlemann Satz, Lemförde
Druck und Bindung: CPI books GmbH, Leck
ISBN 978-3-596-52315-3

Im täglichen Leben versuchen wir, uns dadurch besser verständlich zu machen, dass wir die Sprache anderer übernehmen, und hoffen, so eher begriffen zu werden, doch in der Nacht (…) spricht ein ungebundenes Selbst in einer höchsteigenen Sprache zu uns.

Connie Palmen, Du sagst es

Ich liege auf dem Bett, das ich früher mit Clemens geteilt habe, und denke an die Namen unserer Kinder. Ich denke Elsa und Luis im Wechsel, Luis und Elsa, es ist ein Spiel in meinem Kopf, eine kurze Melodie, die mich leicht stimmt, fast fröhlich, die Namen meiner Kinder machen mich fröhlich. Es ist ein Gedanke, der mich beruhigt, vielleicht weil Clemens damals sagte, nicht mehr als vier Buchstaben sollten ihre Namen haben, lass sie kurz und bündig sein. Elsa und Luis sind uns schnell eingefallen, nach Elsa und Luis haben wir nicht lange suchen müssen. Vier Buchstaben, die sich unkompliziert zusammenfügen und für ein ganzes Leben reichen, vielleicht sogar einen Ton vorgeben, so etwas wie einen Grundton fürs Leben.

Heute ist es still im Garten. Der Winter ist da, der Winter ist gekommen, über Nacht ist er gekommen, wie ein Dieb, ungehört, ungesehen, lautlos, aber mit großer weißer Spur. Der Winter ist da, obwohl im Kalender noch Herbst ist. Sein weißes leichtes Kleid hat er auf den Rasen gelegt, auf die Zweige des Kirschbaums, auf die Holzhütte hinter dem Wacholder, in der die Spuren des Sommers versteckt sind.

Seit die Temperatur gefallen ist, seit die Tage kurz geworden sind und am Nachmittag schon enden, sind sie dort versteckt, unsere Dinge des Sommers, eine grün gestrichene Bank, ein kleiner Holztisch, Gießkannen, ein Grill und bunte Lampions, für die wir im Winter keinerlei Verwendung haben. Der Herbst ist früh eingezogen dieses Jahr. Schon im September haben wir die Heizung einschalten müssen, als ein scharfer Wind die gelben Blätter von den Bäumen gefischt und durch die Straßen gejagt hat. Elsa hat im September schon ihre Mütze angezogen.

Jetzt, da die Nächte lang geworden sind, die Tage kurz, hat mich diese Sehnsucht überfallen, nach einem Leben, in dem alles stimmt und seinen Platz hat, wir gefestigt über einen nicht schwankenden Boden gehen. Vierundzwanzig Tage bis Heiligabend. Ich fange an, unruhig zu werden. Pünktlich wie jedes Jahr fange ich damit an. Nicht für andere sichtbar, nicht für die Kinder, nicht für Lilli sichtbar, nur für mich spürbar. Es ist etwas mit meinen Händen, etwas in meinem Hals, in meiner Brust, auf meiner Haut. Eine Unruhe ist in meine Hände gekrochen, es fällt mir schwer, sie stillzuhalten. Etwas hat sich in meinem Hals zusammengezogen, quergestellt, verklemmt. Meine Weihnachtsunruhe ist also da, auch sie über Nacht, auch sie geräuschlos wie ein Dieb. Pünktlich zum ersten Dezember breitet sie sich in mir aus.

Ich hätte mir gewünscht, sie würde noch warten, ich hätte mir gewünscht, sie würde in diesem Jahr einmal ganz aussetzen, mir zuliebe einfach nicht kommen. Aber heute Morgen war sie da, als ich aufgewacht bin, als ich aufstand, den Morgenmantel überzog, Wasser für den Tee aufsetzte und dachte, da bist du also, pünktlich und zuverlässig wie jedes Jahr, meine Weihnachtsunruhe, jetzt bist du also da. Begonnen hat sie heute Morgen, zum Ausbreiten und Wachsen hat sie noch mehr als drei Wochen Zeit. Jeden Tag wird sich diese Unruhe in mir steigern, jeden Tag wird mein Weihnachtsgefühl größer werden. Es schwillt an, Stunde um Stunde, Tag um Tag. Jeden Morgen werde ich merken: Es ist stärker geworden, es ist mehr als gestern, über Nacht ist es wieder ein Stück gewachsen.

Ich schaue aus dem Fenster und sehe im Garten die kahlen Zweige. Es ist kalt geworden, die Anzeige auf dem Thermometer ist über Nacht deutlich unter null gerutscht. Sie hatten Schnee zwar gemeldet, und doch war ich am Morgen überrascht gewesen, als ich den Morgenmantel übergezogen hatte und zum Fenster gegangen war, war ich überrascht gewesen, obwohl es Anfang Dezember nicht selten Schnee gibt bei uns. Als wollte uns die Jahreszeit zeigen, schaut her, ich kann es noch, noch kann ich Schnee zu euch schicken und euch zum Staunen bringen, als müsste sie uns das beweisen. An Weihnachten schneit es dagegen nie mehr. Seit Jahren hat es an Weihnachten keinen Schnee gegeben. An Weihnachten gehen wir bei zwölf Grad in leichten Jacken zur Christmette.

*

Als Clemens gestorben war, war mir ständig kalt. Ich stand lange unter der heißen Dusche, ohne mich aufzuwärmen, ohne dass mir davon wärmer geworden wäre. Für die Nacht brauchte ich eine Heizdecke. Ich hatte ein Grundfrieren in mir, einen Grundfrost, eine Eisschicht auf meinen Blutgefäßen, immerzu kalte Hände, kalte Füße, ein Grundschlottern, selbst an warmen Tagen. Lilli sagte damals, es wird vorbeigehen, verlass dich auf mich, es wird vorbeigehen. Ich hatte ihr nicht geglaubt, aber sie hat Recht behalten, es ist vorbeigegangen, ich friere nicht mehr. Ich schlafe sogar nachts wieder durch. Seit Frühling ungefähr. Davor sind entweder die Kinder wach geworden und haben mich geweckt, oder ich bin von allein wach geworden, ohne eine Störung von außen. Störungen nur in deinem Kopf, hat Lilli gesagt, Störungen nur aus deinem Kopf.

*

Die Woche war ich draußen bei unserem Haus, das noch lange kein Haus ist, das noch eine ganze Weile brauchen wird, um ein Haus zu sein, um wie ein Haus auszusehen, uns zu empfangen und aufzunehmen wie ein Haus. Ein Haus mit einer Tür, die verschließbar ist, die ein Schloss und einen passenden Schlüssel hat, mit Fenstern und Fensterbänken davor, auf die man im Winter Christrosen, im Sommer Lavendel stellen könnte. Schon lange warten wir darauf, Lilli und ich. Ich hatte eigentlich aufgehört zu glauben, dass es noch etwas wird mit unserem Haus, dass es mehr als nur ein Gedanke sein könnte, mehr als nur ein Wunsch, als nur ein Bild unserer Träume, dass es uns eines Tages wirklich hereinlassen und beherbergen könnte. Uns, unsere Kinder Luis, Elsa und Claire, unsere Freunde.

Es gab keinen Grund hinauszufahren, aber manchmal ist mir danach, etwas in mir gibt mir dann vor hinauszufahren, ich steige ins Auto und fahre hinaus, lasse den Lärm der Stadt hinter mir, ihr Surren und Treiben. Ich wollte sehen, wie weit sie sind. Ob es Fortschritte macht, unser Haus, ob es sich verändert hat. Ich wollte sehen, wie sich unser Stück Land unter diesem matt schimmernden Winterhimmel ausstreckt. Unter diesen Winterbäumen. Wie sieht es jetzt aus, da sich Weihnachten schon in der Stadt zeigt? Merkt es etwas von Weihnachten, unser Haus? Nein, es hat sich noch immer nicht verändert, viel hat sich nicht getan seit dem letzten Mal. Immerhin sind sie mit der einen Seite des Dachs weitergekommen, die neuen roten Schindeln setzen ein Muster zwischen die alten braunen.

Auf dem Rückweg habe ich vor Amorbach an einem Stand an der Landstraße unseren Adventskranz ausgesucht, dort wo sie im Sommer Erdbeeren verkaufen. Tanne, darin Buchs und Stechpalme eingeflochten. Ich bin spät dran, die Kinder haben sich schon beschwert. Er kostet auf dem Land weniger, sieht frischer und üppiger aus, und ich bilde mir ein, er lebt länger als ein Stadtkranz, obwohl er genauso schon nach drei Tagen seinen Duft verliert und genauso zu trocknen beginnt. Lilli sagt, ich muss ihn nachts hinaustragen, um das zu vermeiden. Klar, als hätte ich nichts anderes zu tun, als den Kranz am Abend abzuschmücken und hinauszustellen, Kerzen zu entfernen, die ich mühsam mit Draht aufgesetzt habe, rote und weiße Bänder zu lösen und die Glaskugeln abzunehmen, damit sich unser Kranz über Nacht von der Heizungsluft erholen kann, damit er zwei, drei Tage länger grün bleibt und nicht schon am zweiten Advent zu bröseln beginnt. Ich habe das Autoradio ausgeschaltet und bin eine Weile durch den Wald zurückgefahren, durch dichten Tannenwald. Früher hat Luis zu allen Tannenwäldern gesagt, Weihnachtsbaumwald. Mama, schau mal, der Weihnachtsbaumwald.

*

Stille Zeit vor Weihnachten, die gibt es bei uns schon lange nicht mehr. Stille Zeit im Advent – das schließt sich praktisch aus, das ist unser Oxymoron, unsere Contradictio in adiecto, sagt Lilli. Stille und Advent gehen überhaupt nicht zusammen, Stille und Advent sind als Widerspruch in sich angelegt, Stille und Advent fallen weit auseinander, schon beim Aussprechen fallen sie sofort auseinander, ach was, schon beim Denken stechen sie sich aus, sie wollen sich einfach nicht zusammen denken lassen. Nur am Abend ist es manchmal da, das kleine bisschen stille Zeit, wenn ich darauf achte, kann ich es manchmal wenige Augenblicke lang spüren, so ab und an, so jeden dritten, vierten Abend vielleicht. Wenn wir die Cafétür schließen, das schwere Gitter vor dem großen Fenster herablassen, die Kaffeemaschine ausschalten, wenn ihr Grundbrummen aufhört und sie anfängt zu schweigen, während wir den Rest an Torten und Kuchen in die Kühlzelle stellen. Lilli die Musik ausmacht und kein Geräusch mehr kommt, keine Stimmen mehr zu hören sind – das ist meine stille Zeit. Diese zehn, fünfzehn Minuten am Abend sind unsere stille Zeit, Lillis und meine stille Zeit im Advent. Wir sitzen auf dem roten Sofa mit der hohen Lehne, reden nicht, schauen durchs Fenster zur Straße, wo die Straßenbahnen Richtung Zentrum fahren, ziehen die Schuhe aus, legen die Füße hoch.

Wenn sie so ihren Abendtee trinkt, schaue ich

Lilli von der Seite an, den Schwung ihrer schmalen Nase, die Strähne über dem Ohr, über der großen goldenen Kreole, die alberne Haarspange mit Weihnachtsmann an der Seite, damit das dicke Haar nicht stört, damit es nicht ins Gesicht fällt, ein Profil, das ich seit Jahren anschaue, seit Jahren kenne. Seit drei Jahren mit einer kleinen Narbe über dem rechten Auge. Vom Treppensturz. Das war Ende November vor drei Jahren. Zur selben Zeit, als ich auf einer Leiter im Caféfenster stand und Weihnachtskugeln aufhängte, dicke rote Bänder zurechtschnitt, Kugeln auffädelte und an einen mit weißer Farbe besprühten Birkenast band, den Lilli dort an zwei Haken befestigt hatte. Wie es dazu gekommen war, wissen wir bis heute nicht. Die Nachbarin hatte Lilli unten am Treppenabsatz gefunden, zwischen Schlüsselbund, Einkaufstaschen und verstreuten Dingen, die aus den Taschen gekullert waren, Äpfel, Käse, Bananen, und sofort den Krankenwagen gerufen. Ein Aussetzer war es gewesen, ein schwarzes Loch, eine winzige Nachlässigkeit in ihrem Blutrauschen, eine klitzekleine Unachtsamkeit ihrer Blutbahnen, die mir damals große Angst gemacht hatte – gigantisch große Angst. Die vielleicht auch Lilli große Angst gemacht hatte.

Damals im Katharinen-Krankenhaus habe ich nicht viel gesagt, ich habe nicht geschimpft, Lilli keine Vorhaltungen gemacht, etwas wie, du musst weniger arbeiten, du musst mehr schlafen, mehr es-

14

sen, mehr an die frische Luft, hatte ich mir verkniffen, auch wenn ich es ständig dachte, auch wenn ich ständig sagen wollte, Lilli, so geht das nicht mit dir, so geht das auf gar keinen Fall mehr weiter mit dir, du musst weniger arbeiten, du musst viel mehr schlafen und essen, vor allem musst du viel häufiger an die frische Luft, versprich mir, Lilli, dass sich das ändert, dass du darauf achtest, versprich es mir bitte, nicht dir, nein, mir zuliebe, mir und Claire zuliebe, mir und deiner Tochter zuliebe. Aber Derartiges gesagt habe ich nicht, mit keinem Wort, keiner Silbe, ich habe nur Dinge gesagt wie, alles wird gut, Lilli, alles wird wieder gut, versuch, dich ein bisschen auszuruhen, versuch zu schlafen, ich kümmere mich um alles, Claire und ich, wir kümmern uns.

Das war Ende November, als der Himmel über der Stadt noch einmal dunkler geworden war, kurz bevor wir unser Café am Nikolaustag eröffneten, der sechste Dezember war Lillis Wunschtermin gewesen, weil sie fand, das passte, das sei der beste Zeitpunkt, ein Café wie unseres zu eröffnen, im Advent, wenn die ganze Welt sich nach einer Tasse heißem Tee zu einem Stück Nusskuchen sehnt und nach einem Ort, an dem es beides gibt. Am vierten Dezember hatte man Lilli entlassen. Am fünften hatte sie das Fenster weiterdekoriert und rote Schleifen aufgehängt, daran weiße Papiertütchen, alle auf unterschiedlicher Höhe, angeordnet nach einem bestimmten Lilli-System, nach Lillis angeborener und groß gewordener Ästhetik, natürlich umwerfend, wie auch sonst, so umwerfend, dass ich wusste, dass ich sicher sein konnte, jeder würde vor unserem Fenster stehen bleiben und staunen. Am sechsten Dezember haben wir uns früh am Morgen hinter der Theke lange tonlos umarmt, als sei jetzt jedes Wort nur falsch, draußen lag die Stadt noch still und dunkel, mit dem Aufwachen hatte sie gerade erst angefangen. Dann haben wir unsere Schürzen umgebunden, pünktlich um acht Uhr geöffnet und zum ersten Mal die Schiefertafel hinausgestellt. Neueröffnung Café Lilli. Heute: Marzipanstollen.

Claire hatte einen riesigen Strauß weißer Amaryllis auf die Vitrine mit dem Blümchenporzellan gestellt und bis zum Abend an der Kaffeemaschine gestanden, Espresso, doppelten Espresso, Milchkaffee, Kaffee mit Sojamilch, Kaffee mit Likör zubereitet und auf den Tresen gestellt, in ihrer Café-Lilli-Schürze, pink mit mokkabraunem Schriftzug, von Claire selbst entworfen. Und ich hatte mich den ganzen Tag gewundert, dass Leute kamen. Ich stand wie ein Kind und wunderte mich, dass sie Platz nahmen auf dem kleinen roten Sofa, auf den Caféhausstühlen, dass sie unseren Kuchen bestellten, unseren Kaffee tranken, unsere Plätzchen aßen, Vanillekipferl, Mandelsplitter, Zimtsterne, die Auslage bewunderten, die getürmten Päckchen in Rot und Silber, die aufgehängten Kugeln

16

aus geblasenem Glas. Für mich war es, als geschehe etwas ganz und gar Unvorhersehbares, mit dem ich nie hätte rechnen können, mit dem niemand hätte rechnen können, mit dem kein Mensch je hätte rechnen können, am wenigsten ich.

Seither ist Lillis Kopf ohne Aussetzer geblieben, Claire und mir hat er keinen Schrecken mehr eingejagt, seit dem Riesenschrecken damals keinen weiteren Schrecken mehr. Schau nicht so, mein Kopf ist ruhig und macht, was ich ihm befehle, das ist mehr, als man verlangen kann – so hat mich Lilli damals an jedem neuen Morgen begrüßt, Advent, Weihnachten, Silvester. Nach Neujahr hatte sie dann das schau nicht so weggelassen, aber noch heute sagt sie, obwohl ich nie frage, du brauchst dich nicht sorgen, mein Kopf ist ruhig und macht, was ich ihm befehle.

*

Schon im August hat Lilli gesagt, sie will das erste Adventswochenende für uns freihalten, um zusammen Plätzchen zu backen. Ja, wirklich im August, als der Himmel hellblau und nahezu wolkenlos über der Stadt lag, der Sommer plötzlich sehr groß war und über dem heiß gewordenen Straßenpflaster sicher niemand Weihnachten im Kopf hatte, niemand außer Lilli. Lilli plant gern, sie plant lange im Voraus, sie macht gute Pläne, nützliche Pläne, die auch mich einschließen, von denen auch ich etwas habe, die auch meine Zeit in so etwas wie ein Gerüst füllen, die meinen Tagen eine Art Ordnung geben, eine Lilli-Ordnung, die gut für mich ist. Da ihr Leben in den ersten dreißig Jahren eher planlos lief, wie Lilli sagt, soll es die folgenden dreißig Jahre lieber nach Plan verlaufen.

Deshalb plant sie auch das Plätzchenbacken bereits im August. Wenn alle an Himbeerbowle, Limettenlimonade oder Vanilleeis denken, ist Lilli gedanklich bereits bei Zimtsternen.

Sie hat neue Rezepte, die sie mit uns ausprobieren will, neben den alten ewig gültigen, stets wiederkehrenden Weihnachtsrezepten: Vanillekipferl, Kokosmakronen, Christstollen. Nicht fürs Café, nicht für unseren Verkauf, nein, nur so für uns. Sonst wird daraus wieder nichts, hat Lilli gesagt, so wie letztes Jahr, als wir im November in den Kalender schauten und vor Weihnachten kein freies Wochenende mehr fanden. Alles war verplant gewesen mit Feiern, Besuchen, mit Schulkonzerten und Klaviervorspielen, Hockeyturnieren und Thekendiensten, bei denen ich Waffeln zu backen und Kaffee auszugießen hatte – unser jährlicher Vorweihnachtsmarathon, in dem Elsa, Luis und ich auf das Fest zujagen, fast ohne Versorgungsstationen.

Schwarzweißgebäck will Lilli backen, das aber nur sie richtig schneiden und zusammenlegen kann, damit es auch aussieht, wie es aussehen soll, ich bin nie dazu imstande gewesen, es so zusammenzulegen, zu rollen und zu schneiden, dass es das gewünschte Muster ergibt. Lilli hat schon alle Geschenke besorgt, Elsa und Luis werden sie wieder einteilen in tolle und nicht so tolle Geschenke. Nicht so tolle Geschenke sind Schlafanzüge und Skiunterwäsche, tolle Geschenke sind zum Beispiel Kopfhörer und dicke Comics. Mitte November hatte Lilli sich selbst als Demarkationslinie gezogen, danach durfte sie nicht mehr in die Stadt, so eisern kann Lilli mit sich selbst sein, aber nur mit sich selbst. Mit anderen ist sie nie eisern, niemals.

✳

Heute hat mich beinahe jemand angefahren, ist bei Rot über die Ampel und hat mich übersehen. Ich bin zurückgesprungen, konnte den Fahrtwind spüren, das Auto, das mich fast gestreift hätte, und ich dachte, so schnell und plötzlich – und sie wäre vorbei, die Hatz und Lautstärke unseres Lebens. Im selben Augenblick überfiel mich dieser Satz: Seit Clemens tot ist – noch immer klingt er nach Unwahrheit. Nach Lüge. Als hätte sich jemand etwas besonders Gemeines ausgedacht, um meine Kinder zu verstören, um mich zu verstören, um uns drei ganz und gar zu verstören.

Ich bin am Nachmittag zur Baustelle hinaus. Mittwochs ist mein freier Nachmittag, also kann ich fahren. Unser Haus war verwaist, die Fensterlöcher waren von Planen verdeckt. Hallstein war nicht da, Brenner nicht, niemand war da. Ich habe mir nicht die Mühe gemacht, sie anzurufen, zu fragen, wann es weitergeht, wie es weitergeht oder wie gerade nicht, warum gerade nicht. Ich wollte nur vor dem Haus stehen und mir vorstellen, wie wir eines Tages dort am Tisch sitzen. Das Haus wird Fenster haben, bodentiefe Fenster, und Holzböden, Lilli hat sie schon ausgewählt, gebürstete Eiche, obwohl wir das nicht bezahlen können. Wir werden Bücherregale aufstellen, die bis an die Decke reichen, weiße Bücherregale, bestückt mit unseren liebsten Ausgaben, einer Auswahl unserer liebsten Bücher. Wir werden Bilder an die Wände hängen, Fotos, die Lilli gemacht hat, Hausmauern in Schwarzweiß, Straßenzüge, Holztüren. Holztüren aus Lillis Holztürenzeit, die lang dauerte, in der viele Fotografien entstanden sind. Schwere, dicke Türen mit Zeitspuren, Jahre und Jahrzehnte, die ihre Spuren im Holz gelassen haben. Lilli gibt Dingen Leben, sie füllt Dinge mit Leben, ich kann mir leicht vorstellen, wohin die Tür führt, in welchen Raum, zu welchem Haus, zu welchem nicht, zu welchem sie auf gar keinen Fall führt.

✳

Seit wir das Café haben, gehen wir nur noch selten aus unserem Viertel hinaus. Alles, was wir brauchen, gibt es hier, Frisör, Gemüsehändler, Bäcker und Metzger. Alles, was wir sind, was uns ausmacht, Schule, Fahrradwerkstatt, Buchhandlung und Zahnarzt. Es gibt keinen Grund für uns, das Viertel zu verlassen. Seit wir das Café haben – nun sind es drei Jahre. Sechsunddreißig Monate. Drei Mal dreihundertfünfundsechzig Tage der Angst und des Glücks. Angst, ob es uns gelingen würde. Glück, weil es uns gelungen ist. Trotz allem gelungen ist. Damals hat Lilli gesagt, man muss Dinge einfach tun, eines Morgens aufstehen und sagen, so, jetzt machen wir es. Nicht immer nur reden, dass man will, nein, man muss sie tun, um zu sehen, aha, geht ja. Geredet hatten wir immer schon viel davon, ich hätte vielleicht immer nur weiter darüber geredet, aber nichts davon umgesetzt, weil ich besser bin im Reden als im Umsetzen. Bei Lilli ist es umgekehrt. Vielleicht ergänzen wir uns deshalb so gut, jedenfalls denkt das Lilli. Sie sagt, du redest, ich handle, deshalb klappt es. Reich werden wir mit dem Café nicht, das Geld reicht gerade so. Lilli sagt, es ist, weil uns die Arbeit so viel Spaß macht, natürlich verdienen wir damit nichts. Sie sagt es lachend, aber doch, sie glaubt daran, Dinge, die uns Spaß machen, bringen kein Geld. Vielleicht stimmt es, jedenfalls ist es ein guter Satz, mit dem ich mich am Morgen zum Café aufmache: Ich verdiene nichts, weil mich die Arbeit glücklich macht. Ich werde nicht reich damit, aber diese Arbeit macht mich glücklich.

Café Lilli klingt ein bisschen nach verstaubtem Oma-Café, nach älteren Damen unter Wollmützen, die nur Filterkaffee trinken. Aber jeder hat mittlerweile verstanden, dass unser Café Lilli keines ist. Lillis Fotografien hängen über den Köpfen. Viele fragen, wer das aufgenommen hat. Schon lustig, sagt Lilli, früher hat das niemanden begeistert, jetzt fragen alle, ob es zu kaufen ist und für wie viel. Obwohl es nur Bilder aus der zweiten und dritten Reihe sind, wie Lilli sagt, die aus der ersten gibt sie nicht mehr her. Winterbilder hängen an den Wänden, zwischen Garderobe und Theke, über den runden Tischen, den Sitzpolstern der Sofas. Viel Odenwald, ein Lilli-Kosmos aus Mooswegen, Bachläufen und Mühlrädern. Die bröselnden Mauern von Burg Wildenberg, die Schindeldächer von Kirchzell. Schneepfade unter Eisbäumen, Dezemberfährten und Winterspuren, Januarwälder und Februarwiesen. Seit Lilli Robert Franks Winterbilder entdeckt hat, will sie auch so fotografieren. Obwohl sie meint, keiner kann heute mehr so fotografieren wie Robert Frank, diese Menschen in Nebellandschaften, wie auf einem Nebelplaneten, wo sie unter kahlen Bäumen gehen, die in den Nebel hineinzufließen scheinen. Auf Lillis Bildern sind es Nuancen in Weiß, Licht und Schatten auf einer Schneefolie, Hauptakteur ist immer der Schnee.

✴

Ich habe oft genug gedacht, wie verrückt es ist, ein Stück Land zu kaufen und ein altes Haus wieder zum Leben zu erwecken. Ein Grundwunsch des Menschen, hat Lilli gesagt, als sei es eine Art Gesetz, dem auch wir folgen müssen. Und ich habe gedacht, ja, klar, ein Grundwunsch, natürlich, aber ich habe nie etwas darauf erwidert, weil ich in Wirklichkeit dachte, wie verrückt es ist von Lilli und mir, zwei Frauen mit zu vielen Verpflichtungen und zu wenigen Freiheiten, ausgerechnet wir nehmen uns vor, ein Haus auf dem Land zu besitzen, ausgerechnet wir, zwei Frauen, die nicht die leiseste Ahnung davon haben, wie ein Haus gebaut wird, wie ein Keller ausgehoben, wie ein Boden gegossen, wie ein Dach gedeckt, wie Wände eingezogen, wie Treppen und Fenster eingesetzt, wie Kabel und Leitungen verlegt werden, ausgerechnet wir zwei haben uns das ausgesucht, als hätten wir kein Café in der Stadt zu betreiben, als hätten wir keine Kinder großzuziehen, als hätten wir nicht schon ein Leben, das uns ganz und gar einnimmt und beansprucht, als hätten wir Freiräume und müssten sie unbedingt mit diesem Haus füllen, das hinter einer Reihe Obstbäume und einem Wald steht, wo keine Strommasten den Blick stören und in der Ferne eine Handvoll roter Dächer aus dem Grün ragt.

Mit der Zeit haben Lilli und ich dazugelernt, nicht, wie man ein Haus baut, aber wie man zum Beispiel Handwerker aussucht und bestellt, mehr noch, wie man bestimmte Vorstellungen und Wünsche mit der Zeit verwirft, weil man sie einfach verwerfen muss, weil einem nichts anderes übrigbleibt, als sie zu verwerfen, wie man sich also still und leise von ihnen verabschiedet, ohne dass es großartig wehtut, so wie man eben vieles auszuhalten lernt, weil man sieht, es ist nicht beeinflussbar, es ist einfach nicht mehr beeinflussbar.

✳

Letztes Jahr hatte ich schon im Sommer zu Lilli gesagt, am dreiundzwanzigsten Dezember sitze ich im Flugzeug, last minute, am Flughafen gebucht, Ziel ist mir gleich. Von Weihnachten bin ich jedes Mal so erschöpft, dass ich mich bis zum Sommer davon erholen muss. Na, dann geht es doch, hatte Lilli trocken erwidert. Das hatte ich auch schon im Jahr davor gesagt und im Jahr davor. Ich hatte gesagt, ich besorge jemanden, der das Café in der Zeit übernimmt, der mich ersetzt zwischen den Jahren, und dann fliege ich mit den Kindern weg. Zu Hause geblieben bin ich doch immer. Ich konnte mich nicht verabschieden. Nach einer Erklärung suche ich noch, warum es mir nicht gelungen ist, in ein Flugzeug zu steigen und wegzufliegen, warum ich es einfach nicht übers Herz brachte. Wenn ich jetzt zu Lilli sage, nächstes Jahr bin ich weg, am Dreiundzwanzigsten nach Ladenschluss sitze ich im Flugzeug, ja, doch, wirklich, mache ich, Strand, Liege, Bademantel, ich eingerollt wie eine Katze in der milden Sonne, vor mir nur das Rauschen des Meeres, meine Kinder wippend auf einer Luftmatratze, dann schaut sie mich an, als wollte sie sagen, Liebchen, das machst du ja doch nie.

✳

Ursel kommt so gut wie jeden Tag, seit wir geöffnet haben. Kommt sie einmal nicht, machen wir uns Sorgen. Wäre sie zwanzig Jahre jünger, sagt sie, hätte sie schon bei uns angeheuert, aber so, mit diesen arthritischen Händen, kann sie nicht einmal Tische abwischen. Ursel hat nie viel von ihrem Mann erzählt, nur dass sie einmal zu ihm gesagt habe, dass Freundschaften, die an eine Bedingung gebunden seien, doch wertlos seien. Das war, nachdem sie eine Freundin enttäuscht hatte. Er hatte erwidert, und Ehen solcher Art auch, eine Ehe wie unsere. Ursel lebt schon lang allein. Einmal gab es noch jemanden, aber auch das ist schon lange vorbei. Zwei Zimmer unter dem Dach hat sie, vom Café nur zwei Straßen weiter, in einem schmucklosen Bau aus den Sechzigern, Wohnen, Schlafen, Kochen gehen da ineinander über. Die drei Stockwerke sind Ursel mühsam geworden. Zu viele Treppen, sagt sie, und wartet eine Weile, bis sie sich auf den Weg nach Hause macht. Sie sagt, sie will noch ein wenig auf unserem Sofa sitzen und etwas Kraft sammeln fürs Treppensteigen.

Lilli und Ursel sitzen oft nach Ladenschluss vor dem großen Fenster, wenn ich das Gitter schon herabgelassen habe. Auch jetzt sitzen sie und trinken Tee, eine neue Geschmacksrichtung, die Lilli probieren will, eine neue Kreation aus Blüten und Kräutern. Lilli hat zwei Tassen mit Untertassen auf den Tisch gestellt, weißes Porzellan mit Silberrand, dazu die passende Kanne, sie schenkt ein, und Ursel trinkt, ohne dass Lilli ihr vorher sagen würde, was sie probiert, was sie da gerade kosten soll. Ursel sagt nie nur gut oder nicht so gut, sie sagt, gaumenweich, herzerfrischend, leider sofort indiskutabel, möglicherweise ausbaubar, etwas für manche, aber nicht für alle. Wenn sie sitzen und reden oder auch nicht reden, nur sitzen, sehen sie aus wie Mutter und Tochter. Es liegt an ihrer Art, einander anzusehen, es ist das Vertraute und Unangestrengte darin. Ich denke, Ursel ist in Lillis Leben gekommen wie ein unerwartetes Geschenk, ein Geschenk, das sie sich insgeheim immer gewünscht hat, Ursel ist dafür da, Lilli etwas zurückzugeben, was sie längst verloren oder gar nie besessen hat.

*

Clemens' Mutter hatte mich gefragt, ob wir an Weihnachten kommen. Im Juli hatte sie schon gefragt, als ich mit den Kindern hochgefahren war und sie für zwei Wochen dort ließ, zwischen Pferden, Schafen und sehr viel Sommerwind. Auf unserem langen Inselspaziergang mit Blick auf ein verschwindendes, sich zurückziehendes Meer hatte sie gefragt. Ein Spaziergang, auf dem ich nicht so viel über Clemens hatte reden wollen, wie ich es dann doch getan habe. Als hätte ich in all der Zeit davor keine Gelegenheit gehabt, über Clemens zu reden, und hätte plötzlich die Möglichkeit, es nachzuholen. Vielleicht weil ich weiß, Clemens' Mutter wird nicht müde, Dinge von und über ihren Sohn zu hören. Ihr taugt alles zum Erzählen, ihr wird nicht langweilig davon, sie will nichts lieber als mir zuhören, wenn ich von Clemens erzähle, wenn ich über Clemens rede. Ich muss nicht aufhören damit, ich muss mir nicht selbst eine Grenze aufzeigen, ich muss mich nicht zurückhalten, ich muss mich auch mit dem Weinen nicht zusammennehmen, Clemens' Mutter hat mir immer wieder gesagt, bei mir darfst du weinen. Tagelang, nächtelang würde sie mir zuhören – und das verbindet uns, seit Clemens nicht mehr da ist, wir teilen es, uns beiden gehört es, es kettet uns aneinander, dieses Clemens-Etwas, dieses Clemens-Vakuum, das nur zwischen uns beiden stattfindet.

Als ich neulich vor unserem Noch-nicht-Haus stand, habe ich mich gefragt, ob ich an Weihnachten mit den Kindern zu ihr fahren soll, fünf Stunden Autobahn und dann Küstenwetter, schneidender Wind, Nieselregen, spitzer, harter Nieselregen. Es wäre eine gigantische Geste, es nicht zu tun, ein gigantisches Nein. Seit Clemens nicht mehr da ist, hält sich seine Mutter am Jahresreigen fest, an seinen Einschnitten und Vorgaben, Neujahr, Ostern, Pfingsten, Advent, Weihnachten, Silvester. Steigt hinein wie in ein Korsett. Das ihr den Rücken gerade hält.

∗

Ab sofort läuft im Café nur noch Weihnachtsmusik. Wir sind die Einzigen, die sich im November beharrlich weigern, das Café schon weihnachtlich zu schmücken oder Weihnachtsmusik aufzulegen. Alle anderen Cafés und Läden in der Stadt sind bereits im November geschmückt, nur unser Café ist es nicht. Lilli sagt, die Leute sind verrückt, sie übergehen den Totenmonat mit Weihnachtsschmuck, sie streichen den Totenmonat und machen einen langen Advent daraus. Aber jetzt sind auch wir so weit. Tagsüber läuft Anne Sofie von Otter, Leontyne Price und Katrin Haags *Wie soll ich dich empfangen?* Die Kirchschlager singt Bach, *Bereite dich Zion* aus dem Weihnachtsoratorium, wenn wir rigoros jeden Abend um sieben schließen. Ja, um sieben ist einfach mal Schluss, sagt Lilli in die Runde, auch wenn uns die Leute anschauen, als wollten sie sagen, bitte nicht, bitte noch eine Minute, es sitzt sich gerade so gut, besonders jetzt, in diesem Augenblick, da der Tag sich zurückzieht und der Abend beginnt, sitzt es sich bei euch sehr gut. Sie sammelt die letzten Tassen und Gläser ein und stellt sie in die Spülmaschine, sie macht die Kasse, ich höre Münzen klimpern, Reißverschlüsse gehen auf und zu, die kleine Tasche, die sie mitnehmen wird, um die Scheine am Bankautomaten loszuwerden. Sobald sie aufs Fahrrad steigt, lasse ich das Gitter vor den Fenstern herab, was gestern nicht ging – ein Obdachloser lag dort, den ganzen Nachmittag hatte er schon auf Zeitungspapier in seinem Schlafsack gelegen, also habe ich das Gitter zur Nacht nicht herabgelassen. Ich habe kurz an Einbruch und Versicherung gedacht, an zähe Verhandlungen in einem Versicherungsbüro, den Gedanken aber schnell fallenlassen.

Als ich heute Morgen gekommen bin, war der Mann weg, Tüten und Pappen hatte er mitgenommen, es gab keine Spur von ihm. Als sei er nie dagewesen, als hätte ich ihn mir nur eingebildet, als hätte ihn allein die Kraft meiner Vorstellung gestern vor unser Café gelegt. Lillis Vater hat schon auf unserem besten Platz gesessen, auf dem roten Sofa mit Blick hinaus zur Straßenbahn, er hat Bill mitgebracht, den der Sommer von den USA nach Europa gespült hat, der Herbst dann nach Deutschland. Er hat sich von Lilli zwei Espresso und die kleine Auswahl Weihnachtsgebäck bringen lassen, Florentiner Mandeln, Bethmännchen, Kokosmakronen, hübsch arrangiert auf der roten Porzellan-Etagère, und dann gesagt, so, schaut, das ist Bill. Er hat es wirklich mit einem so, schaut davor gesagt, mit diesem kleinen unverfänglichen so, dass es fast entschuldigend klang, als würde er sich dafür rechtfertigen wollen, dass er mit jemandem wie Bill auftaucht, dass er jemanden wie Bill kennt, dass er von jemandem wie Bill begleitet wird, und als brauchte er dafür ein kleines einleitendes so, schaut.

Ich bin überrascht, dass Lillis Vater jemanden wie Bill kennt. Nicht nur kennt, sondern in sein Leben lässt, durch einen schmalen Spalt Einlass gewährt, das hätte ich Lillis Vater gar nicht zugetraut. Es will irgendwie nicht passen zu seiner zugeschnürten, angestrengten, immer leicht überspannten Art, mit diesem Gesicht, als stelle er sich instinktiv sofort über andere, als könne er gar nicht anders. Aber doch hat er das Café mit Bill betreten, der in seinen Augen kaum vorzeigbar ist, also nicht so vorzeigbar, wie Lillis Vater findet, dass Leute vorzeigbar sein müssten. Schon Bills bequeme Kleidung müsste ihn stören, sein Freizeitanzug mit Reißverschluss, darunter sein graues Shirt mit dem Werbeslogan einer Computerfirma. Vielleicht mag er einfach Bills unbekümmerte amerikanische Art zu reden, so laut, als sollte jeder im Raum mithören, als würde Bill davon ausgehen, jeder wolle seine Sätze und sein Lachen teilen, für jeden sei etwas dabei, jeder könne von seinen Sätzen und seinem Lachen etwas abhaben, etwas abkriegen und behalten, etwas davon umsonst mit zu sich nach Hause nehmen.

✳

Es hat gedauert, bis die Kinder begriffen hatten, was tot bedeutet. Wie sich diese drei Buchstaben zu einer Bedeutung fügen. Trotz Trauerfeier, trotz Beerdigung, trotz schwarzer Schirme, schwarzer Sonnenbrillen und schwarzer Kleidung vor einem weißen Blumenmeer hat es gedauert zu verstehen, was es bedeutet, was es wirklich heißt, für was dieses Wort eigentlich steht, wie wir es übersetzen und welches Synonym wir dafür finden können. Dass es bedeutet: Es gibt kein Wiedersehen. Dass es bedeutet: Es wird keine Begegnung mehr geben. Keine Umarmung, kein Anschauen, kein Reden und Anfassen mehr. Nichts davon wird es je wieder für uns geben. Lilli hatte es ihnen immer wieder erklärt. Vielleicht auch mir, vielleicht hatte sie es so auch mir erklärt. Sie hat es den Kindern erklärt, und auch ich habe es auf diesem Weg erst verstanden. Ich brauchte kindgerechte Erklärungen für die Tatsache: Wir können uns nicht mehr sehen. Wir können nicht mehr reden. Wir können uns nie mehr anfassen. Mit Clemens wird es kein Wiedersehen geben – das habe ich nach Lillis Erklärungen irgendwann verstanden. Verstanden ja, aber irgendwie noch immer nicht begriffen. Im wievielten Advent ohne Clemens? Beim wievielten Weihnachtsschmücken ohne Clemens? Beim wievielten Plätzchenbacken ohne Clemens?

Es gibt Tage, da gebe ich vor, ich hätte es begriffen. Vor mir selbst tue ich so, vielleicht um mich zu beruhigen, als könnte ich das, als könnte das überhaupt ein Mensch, sich selbst beruhigen. Es gibt Nächte, in denen ich aufwache, weil ich denke, ich hätte Clemens gehört, Clemens ist da, Clemens hat gehustet, Clemens hat sich geräuspert, Clemens ist soeben die Treppen hochgestiegen, hat die Tür geöffnet und seine Jacke aufgehängt, gleich geht er in die Küche und schenkt sich ein Glas Wasser ein. Meine Wut hat sich noch nicht aufgelöst, mein Unmut hat sich nicht vertreiben lassen. Ich spüre noch immer diese wilde, kratzende Wut, darüber, dass man mir Clemens genommen hat. Neulich auf dem Weg nach Amorbach bin ich an einer Kirche auf diese Inschrift neben dem Portal gestoßen: *Unsere Zeit liegt in Deinen Händen.* Ich hätte losschreien wollen: Wieso? Wieso liegt unsere Zeit ausgerechnet in deinen Händen? Wieso in deinen? Wieso denn?

✳

Sechster Dezember, draußen liegt kein Schnee mehr. Eichhörnchen besuchen uns, Krähen, Raben, lauter Wintergeschöpfe. Katja und Eddie sind da, wie jedes Jahr zu Nikolaus. Gestern Abend sind sie angekommen, schwer bepackt mit Wurst und Käse aus der eigenen Produktion, Fenchelsalami, Weihnachtswurst, marinierter Ziegenkäse. Es tut mir gut, ihre Gesichter zu sehen, ihre Gesichter sind ein Segen. Es tut mir gut, ihre Stimmen zu hören, nicht immer nur am Telefon. Zum ersten Mal habe ich die Erwachsenen beschenkt. Als Eddie und Katja schliefen, habe ich ihre Stiefel hinausgestellt und bestückt, Kekse mit Zuckerguss und Weihnachtsbäumchen aus Marzipan hineingelegt, mit goldenen Liebesperlen als Christbaumkugeln. Die Überraschung war groß, ja, wirklich. Die Kinder sind schläfrig gewesen, wir Erwachsenen hingegen voller Aufregung. Das ist für eure Segensgesichter, Katja und Eddie, habe ich gedacht, für eure wunderbaren Segensgesichter. Die

Nachbarn haben ihre Päckchen vor unsere Tür gestellt, Nikolausgaben. Vor dem Fenster zur Terrasse trinken wir Tee und Kakao, draußen strecken sich die kahlen Zweige im Wind, als wollten sie den morgendlichen Raureif abschütteln. Die Kinder haben ihre Nikoläuse aus Schokolade neben einer dicken roten Kerze aufgereiht. Katja hat sie auf den Tisch gestellt und angezündet. Erste deutliche Weihnachtsboten.

Eddie sagt, er fährt Weihnachten zu seiner Mutter. Ich muss es nicht tun, wenn ich nicht will. Ich kann hierbleiben und mit Lilli feiern. Oder nach Kirchzell und die drei Dörfer weiter, wenn ich mit meinem Betonmischer Heiligabend feiern will. Ja, vielleicht will ich. Mit den Herren Brenner und Hallstein, die unser Haus schon längst hätten voranbringen sollen, aber nur selten aufgetaucht sind in letzter Zeit. Eddie schlägt Eier in die Pfanne und fragt uns mit einem Lachen, Eduard und Clemens – wie konnten sie uns diese Namen geben? Katja sagt, deine Eltern werden an ein eigenes Forschungsinstitut gedacht haben, gerade gut genug für ihre Söhne, und dafür schon die passenden Namen ausgesucht haben – aber dann seid ihr nur Köche geworden, tja. Das Tja hängt sie an, mit diesem Katja-Ton, der klingt wie ein, ist auch gut so, ist auch viel, viel besser so. Ich denke, zum Glück sehen sie einander nicht ähnlich, Eddie und Clemens. Gott sei Dank muss ich Eddie

34

nicht anschauen und dabei immerzu an Clemens
denken. Nein, muss ich nicht.

✳

Kurz nach Silvester hatte ich gesagt, dies wird ein
schlechtes Jahr. Dies wird für mich kein gutes Jahr,
dies wird ein Jahr zum Angsthaben. Zu mir selbst
gesagt natürlich, nie würde ich so etwas zu Lilli oder
den Kindern sagen, nie. Das ist etwas nur für meinen
Kopf, nicht für die Köpfe der anderen. In meinem
Kopf haben diese Dinge Platz, in meinem Kopf sind
diese Dinge zu Hause, in meinem Kopf haben sie sich
eingerichtet. Obwohl ich sie nicht eingeladen habe,
machen sie sich breit, sobald ich nicht aufpasse. Es
gab Neujahr dieses matte, ungute Gefühl in mir,
das nach Unheil schmeckte. Ich will mich vorwar-
nen, ich will gewappnet sein. Als könnte ich mich so
beschützen. Aber wovor müsste ich mich jetzt noch
schützen?

Ich bin so ungut abergläubisch und grüblerisch
geworden, auf eine Art, die mir nicht gefällt, ich versuche, das vor anderen zu verstecken, ich halte es ge-
heim, ich spreche es nicht aus, ich mache es mit mir
selbst aus und sage Lilli nichts davon, nie würde ich
sagen, du, Lilli, ich habe das schlimme Gefühl, dies
wird ein schlechtes Jahr, ich ahne so etwas. Ich habe
mir das nicht ausgesucht, mein Leben hat das mit mir

35

angestellt und ich weiß offenbar nicht anders zu re-
agieren, als so ungut abergläubisch und grüblerisch
zu werden, ich bin mein eigener düsterer Prophet,
meine eigene ahnungsvolle Sibylle. Aber es ist kein
schlechtes Jahr geworden. Nein, überhaupt nicht, gar
kein schlechtes Jahr. Im Gegenteil, es ist ein gutes
Jahr geworden. Seit langem wieder ein gutes Jahr. Im
Frühling und Sommer hatte ich sogar vergessen, dass
mein Kopf das Jahr mit diesem Gedanken begonnen
hatte. Erst jetzt fällt es mir wieder ein.

*

Früher hat Clemens den Baum im Wald geschlagen.
Am letzten Samstag vor Heiligabend. Ein Ausflug,
nach dem die Kinder schon im Oktober gefragt und
auf den sie hingefiebert hatten. Jedes Wochenende
hatten sie gefragt, ist es so weit, fahren wir jetzt in
den Wald? Clemens hatte Arbeitshandschuhe, Säge
und Axt in den Bollerwagen gelegt, zu heißem Tee,
Kakao und Butterbroten. Hinter Königstein hatte er
das Auto abgestellt, Elsa auf den Rücken geschnallt,
Luis an die Hand genommen, und dann waren sie in
den Wald gelaufen, zu einem ausgewiesenen Stück,
wo man Bäume schlagen durfte. Es hatte jedes Mal
fünf Ewigkeiten gedauert, wie Clemens sagte, vielleicht auch sieben Ewigkeiten, bis sie den richtigen
Baum gefunden hatten, bis die Kinder zufrieden wa-

ren, bis auch Clemens zufrieden war und meinte, das sei der richtige Baum für uns, das sei unser Baum, der Baum, der in unserem Wohnzimmer stehen sollte, der dorthin gehörte, zu uns, vor unser Sofa, unter unsere Deckenlampe. Stunden konnte das dauern, bis sie sich wegen der einbrechenden Dunkelheit doch entscheiden mussten und Clemens anfing zu sägen. Clemens wollte immer einen Baum, der bis zur Decke reichte, an dem man kaum mehr die Spitze anbringen konnte. Unsere dunkelrote Christbaumspitze aus mundgeblasenem Glas, ein Geschenk von Clemens' Mutter. Ein Erbstück, gerettet durch Kriegswirren, über Fluchtwege und Bunkerstationen. Ein Stück alter Heimat, sagt Clemens' Mutter dazu, hier seht ihr es, sagt sie, in einem mundgeblasenen Stück Glas liegt und seht ihr sie, meine alte Heimat.

Noch im März hatten wir jedes Mal Nadeln von unserem Weihnachtsbaum im Geschirrschrank zwischen Tellern und Tassen gefunden. Bei jedem Ausräumen oder Einräumen eine Nadel aufgepickt. Wenn ich die Klappe des Backofens geöffnet, eine Schublade aufgezogen hatte, wenn der Teppich verrutscht war – immerzu fand ich Nadeln. Beim Hinaustragen hatte der Baum diese Spur hinterlassen, seine Schleifspur aus Nadeln. Als hätte er sagen wollen, nein, so schnell werdet ihr mich nicht los. Es reicht mir nicht, nur zwei Wochen in eurem Wohnzimmer zu stehen, von Heiligabend bis Epiphanias.

Ihr sollt wenigstens diese Erinnerung an mich behalten. Jedes Mal wenn ihr den Geschirrschrank öffnet und zwischen zwei Tellern eine Nadel herausfischt, sollt ihr an mich denken.

*

Bill und Lillis Vater kennen sich über die Gemeinde, an die sich Lillis Vater gebunden fühlt, seit Lillis Mutter dort viel Zeit auf einer Kirchenbank verbracht hat, wie in einer Schutzhütte unter einem krachend auseinanderberstenden, zuckenden Gewitterhimmel. Ungefähr zu der Zeit fing sie damit an, als Lillis Vater ihr den Zugang zum Konto gesperrt hatte. Die Entmündigung wäre ein langer quälender Gang durch Arztpraxen, Krankenhäuser und Instanzen gewesen, sagt Lilli, Kontosperrung war leichter. Zum Gottesdienst ging Lillis Mutter nie, nur in die Kirche, um über Stunden allein in einer der hinteren Bänke zu sitzen. Der Pfarrer ließ sie, sie störte ja niemanden, wenn sie dort saß und leise vor sich hinsprach. Er ließ die Kirchentür geöffnet, damit sie jederzeit hineinkonnte, in der Nacht, am frühen Morgen, zur Mittagszeit. Er rief Lillis Vater an, damit er sich nicht sorgte, damit er wusste, seine Frau sitzt in der Kirche, hat soeben zwei Kerzen angezündet und wartet, bis sie herunterbrennen. Seit dieser Zeit sagt Lillis Vater, die Gemeinde hat viel für uns getan. Ohne die

Gemeinde wäre das alles nicht gegangen. Gegangen? Ich habe nie verstanden, was er meint mit gegangen. Denn eigentlich ging doch gar nichts, eigentlich ging doch nie irgendetwas bei Lilli zu Hause.

Ich mochte Lillis Mutter, ich konnte sie leicht mögen. Sehr leicht mögen sogar. Oft genug schimmerte etwas durch, das unbedingt und bedingungslos liebenswert war. Das war fast verrückt. Man konnte sie ohne Weiteres mögen, auch wenn sie all diese dummen Dinge tat, die Lillis Leben aushebelten und trockenlegten. Ich erinnere mich an die Besuche in der Uniklinik. Türöffnen nur nach Anmeldung, abgeschlossene Fenster, die man nur kippen durfte, eine Glastür, hinter der Lillis Mutter zurückblieb, wenn wir uns verabschiedet hatten, sich wegdrehte und langsam, sehr langsam den Gang hinablief.

Ich mochte sie, obwohl es nur wenige Tage mit ihr gab, die einfach waren. Tage, die für Lilli einfach gewesen wären. Sagen wir, normal. Tage, die normal waren, so gut wie normal. Tage, die fast so etwas wie normal waren. Sehr wenige Tage waren das, aber an diese wenigen normalen, an diese guten Tage erinnere ich mich, diese guten Tage sind mir im Gedächtnis geblieben, diese guten Tage habe ich nicht vergessen. Ich erinnere mich an Lillis Mutter, an ihr blondes störrisches Haar, an ihre scheuen Bewegungen, ihre vorsichtige Art zu gehen, als habe sie Angst, über etwas zu stolpern, besonders an ihre Stimme erinnere ich mich. Lillis Mutter hat gesungen, ihr Singen hat Lilli stets begleitet. Als kleines Mädchen, als Heranwachsende, immer umgab sie dieses Singen, im Haus, im Garten, auf den Wegen ringsum. Selbst in den letzten Jahren hatte sie noch gesungen, obwohl die mehr als dunkel waren, wie Lilli sagt. Viel mehr als dunkel.

Wenn sie die Kirche betrat, fing sie an zu singen. Deshalb fühlt sich Lillis Vater auf eine Art verpflichtet. Auch wenn er mit der Kirche nicht viel anzufangen weiß, nimmt er dennoch jede Einladung an, geht zu jedem Adventskaffee, jedem Seniorentreff, jedem Busausflug in die Rhön oder den Taunus. Er fände es unhöflich, fast unverschämt, nicht zu erscheinen. Und dort hat er Bill getroffen. Bill hat an der Seniorentafel gesessen, Donnerstagnachmittag um fünfzehn Uhr dreißig vor einem Teller Kekse und einer Tasse Kaffee, hat sein lautes Amerikanisch über die Leute gegossen, gemischt mit dem etwas altertümlichen Deutsch, einem Auswandererdeutsch, das sich seit hundertsiebenundvierzig Jahren kaum angepasst, kaum eine Strömung mitgemacht hat und deshalb fremd und anders klingt. Niemanden hat das gestört, jeder wollte Bill zuhören, jeder wollte seine zwei, drei Sätze Englisch loswerden, jeder wollte wissen: Wer ist dieser Bill, was hat ihn zu uns geführt? Zwei Tage später ist er am Kirchplatz in den Ausflugbus gestiegen und hat sich neben Lillis Vater gesetzt. Draußen

40

schob sich ein grauweißer Tag über die Autobahn, und Bill erzählte Lillis Vater sein Leben.

Trotzdem weiß er nicht viel von Bill. Wir alle wissen nicht viel von Bill. Dass er Willam B. Conley heißt. Dass seine Vorfahren vor einhundertsiebenundvierzig Jahren aus Singen an der Schweizer Grenze nach drei Missernten und einer anhaltenden Hungersnot sich aufmachten nach Amerika. Als Näher, Kesselflicker und Viehhändler. Mit einer der großen Einwanderungswellen. Die kurz vor Weihnachten mit einem der Schiffe die Ostküste erreichte. So hat er es uns neulich erzählt. Gelobtes Land. Gelobtes, sprödes, unfreundliches, großes, viel zu großes Land. Mit seinem riesigen Himmel. Der sich bis zur Küste ausbreitete. Und weiter über den Ozean. In diesen Himmel sahen sie. In diesen Sternenhimmel, Abend für Abend. An ihn richteten sie ihre Gebete. Zu ihm schickten sie ihre Bitten: Wetter. Gesundheit. Ihre Weihnachtslieder. *Ach lieber Herre Jesu Christ. Als ich bei meinen Schafen wacht. Aus hartem Weh die Menschheit klagt.* Ja, auch sie hatten damals aus hartem Weh geklagt. Diese Zeilen kennt Bill. Obwohl sein Deutsch brüchig ist und manches nach neunzehntem Jahrhundert klingt, fern und anders, kennt er diese Zeilen und kann sie singen. Ich finde es sonderbar, dass jemand aus Amerika kommen muss, um mir ein altes deutsches Weihnachtslied vorzusingen.

✳

Lilli hat vor Wochen gesagt, ich soll aufschreiben, was ich in letzter Zeit für mich getan habe. Was ich für mich ausgegeben, besorgt, ja, und getan habe. Für mich, für niemanden sonst, nicht für Elsa, nicht für Luis, nur für mich, für mich, für mich, nur für mich. Eine Liste soll ich schreiben und ihr zeigen. Ich ahne, in den letzten Monaten wird nichts dabei sein, was ich nur für mich getan hätte, was ich nur für mich besorgt, nur für mich und meine Zwecke gekauft hätte. Ein teures Küchenmesser, das aber nicht zählt, nicht nach Lillis Vorgaben, weil es nicht nur für mich ist. Ich schneide zwar damit, aber ich schneide Dinge für die Kinder, Äpfel, Wurst, Käse. Ich bin ein wenig in Bedrängnis geraten, jetzt, da mich Lilli nach dieser Liste gefragt hat und ich nichts für mich gekauft habe. Nichts, rein gar nichts. Gestern habe ich eine elektrische Zahnbürste gekauft und auf die Liste gesetzt. Lilli hat gesagt, die gilt nicht, deine Kinder benutzen sie ja auch.

*

Ich habe mit Lilli Grund und Boden auf dem Land erworben: Das klingt nach mehr, als es tatsächlich ist. Lilli hatte das Grundstück entdeckt. Auf einer Wanderung mit ihrer Kamera hatte sie es gefunden. Ja, Lilli sagt: gefunden. Hinter einer Streuobstwiese, hinter knorrigen Apfelbäumen. Es war im Dezember.

Vier Jahre ist das jetzt her. Schnee hatte nicht gelegen, es war ein selten sonniger Tag gewesen. Ein Blauhimmeltag, wie Luis solche Tage nennt. Ein großer, heller Blauhimmeltag. Hinter einer Streuobstwiese, nicht weit vom Waldrand, nicht weit von seinen nackten Winterbuchen hatte Lilli es gesehen. Mit Scheune, einem baufälligen Haus und einem schiefen Verkaufsschild darauf, von Nägeln festgehalten. Der Wind zerrte an einer Telefonnummer, mit dickem Filzstift auf ein Stück Pressspan geschrieben – so wie man das hinter Kirchzell macht. Lilli hatte sich vorgestellt, wie es im Frühjahr aussehen würde. Es hatte nicht viel gebraucht für dieses Bild, Lilli hatte es nicht viel Anstrengung gekostet, nicht viel an Fantasie, sich ausschlagende Obstbäume vorzustellen, Falter und Mückenschwärme. Zwei Tage später hatte Lilli die Nummer gewählt. Drei Tage später gesagt, sie wolle es haben. Für uns haben.

Für Lilli ist es ein Nebenbei, für mich nicht. Ich weiß, sie hat es für mich gemacht, für mich und die Kinder. Sie hat ihre Ersparnisse hergegeben, sie hat Geld gesammelt, Eddie hat den Rest beigesteuert. Ein bisschen wie eine Rettungsaktion kam es mir vor, rettet mein Leben ohne Clemens, rettet es! Wir hatten Glück, jemand hatte das Grundstück mit Haus loswerden wollen, es gab kein langes zähes Verhandeln, es ging schnell und mühelos. Viel schneller und müheloser, als das Café zu pachten. Vor vier Jahren hatten wir beim Notar unterschrieben und das Geld überwiesen. Dann geschah lange nichts, als müssten wir diese Idee ruhen lassen, als bräuchte unser Vorhaben Zeit. Über ein Jahr später erst haben wir an einem Abend im März Pläne für den Umbau entworfen, als noch immer Winter war, als noch immer Frost auf den Wiesen lag. An einem Samstagabend, als Luis und Elsa schliefen, setzten wir uns an meinen Küchentisch, breiteten Papier aus und legten Stifte bereit. Alles sehr einfach: große offene Küche, bodentiefe Fenster, keine Oberschränke, sondern gemauerte deckenhohe Regale, in der Mitte Platz für einen langen Tisch, an dem mindestens zehn Leute bequem sitzen können, für zehn Leute feste Plätze, besser noch zwölf. Für alle muss Platz sein, für Claire und Lilli, für Eddie und Katja, für Luis, Elsa und mich. Plus drei weitere. Ohne Ellenbogentippen, hat Lilli gesagt. Nein, kein Ellenbogentippen bei Tisch, habe ich wiederholt. Und ohne Klappstühle, die aus einem Verschlag geholt und dazugestellt werden müssen, hat Lilli gesagt. Nein, keine Klappstühle, habe ich bestätigt. Trödlerstühle, ja, aber mit festem Platz am langen Tisch, unsere Sammlung aus aussortierten Stühlen, Ramsch und altem Ikea, aber keine Klappstühle.

Seither träumen wir davon, Weihnachten dort zu feiern. Jedes Jahr habe ich davon geträumt, nur letztes Jahr habe ich mich dabei erwischt, den Traum fast aufgegeben zu haben. Gerade stehen die Betonmischer wieder still, alle anderen Maschinen auch. Plötzlicher Bodenfrost, Eiseskälte. Lilli hat es Bill erzählt, als er neulich mit ihrem Vater im Café saß, und er hat gesagt, es muss auch anders gehen. There's gotta be a way, Lilli, hat er gesagt, und es klang nicht floskelhaft, nein, es klang glaubhaft, es klang, als gebe es einen Weg und als wüsste Bill, wo er sich auftut und wie wir ihn betreten können.

*

Am Morgen war ich dort, nur anderthalb Stunden weg von der Stadt, um zu sehen, wie weit es ist mit dem Haus. Unserem Haus. Lillis Haus, meinem Haus. Das Haus meiner Kinder, Elsa und Luis. Das Haus von Lillis Tochter Claire. Irgendwann einmal. In den Jahren habe ich alles durchlebt und durchträumt, was man zu so einem Haus durchleben und sich durchträumen kann. Ich habe mir vorgestellt, wie meine Kinder im Sommer unter den Obstbäumen liegen und darauf warten, dass eine Kirsche für sie ins Gras fällt, eine Ameisenstraße ihren Weg kreuzt, ein Schauer sie aufspringen lässt und ins Haus jagt. Ich habe mir sogar ausgemalt, wie Lilli und ich dort als alte Frauen mit unseren Enkeln spielen, unter einem weit ausladenden gelben Sonnenschirm. Wie unsere Kinder und Kindeskinder das Haus beleben, wenn es

Lilli und mich einmal nicht mehr gibt, in sechzig Jahren, in hundert Jahren. Wie wir dort zu den Festen zusammenkommen, zu den Geburtstagen, zu Ostern und Weihnachten. Wir alle dort zusammenkommen, Eddie, Katja, Clemens' Mutter, Lillis Vater, die Kinder. Wie sich alle am Tisch vereinen, an unserem großen Tisch mit den vielen Stühlen. Keine Klappstühle, die wir aus dem Keller holen müssen, sondern Stühle, die immer um den Tisch stehen, einer für jeden von uns. Wie wir das Haus im Advent schmücken, rot und weiß. Wie wir die Ferien dort verbringen. Ja, ich könnte die Ferien gut dort verbringen.

Am liebsten stelle ich mir vor, wie ich dort am Sonntagmorgen aufwache, wenn alles getan sein wird. Wie ich an meinem ersten Sonntagmorgen dort aufwachen werde. Es wird mir gleich sein, ob es regnet, schneit, ob die Sonne scheint, ob der Himmel Hagel streut. Ich werde auf das erste Licht des Tages, auf das erste Zwitschern eines Vogels warten, und wenn ich es höre, stehe ich auf, gehe zum Fenster und taste mit meinem Blick die Bäume und den Himmel ab. Lilli sagt, seit Clemens tot ist, hast du dein Herz an dieses Haus gehängt. Und ich antworte, ja, so war es doch gedacht, Lilli. Für was hätte ich es denn sonst?

*

Lilli hat schon im November ihren Adventskalender aus Lebkuchenteig gebacken. Auf einer Platte aus Lebkuchenteig Fenster ausgelassen und die Läden mit Zuckerguss bemalt. Die Zahlen Eins bis Vierundzwanzig, Girlanden, Sterne, Zapfen und Kugeln aus weißem Zuckerguss aufgemalt. Die Fenster sind aus Butterbrotpapier. Er sieht zu schön aus, um ihn aufzuessen, habe ich gesagt, und Lilli hat erwidert, aber ihr müsst, er ist nicht für die Ewigkeit gedacht, nur für diesen Advent. Die Tage haben wir untereinander aufgeteilt, Luis, Elsa und ich, und wann immer sie da ist, öffnet Claire ein Türchen. Dahinter liegen Mandeln, Marzipankugeln, Meraner Nüsse, Pralinen, kleiner Weihnachtsschmuck. Ich habe heute mein Türchen geöffnet und ein Glöckchen aus weißem Porzellan herausgenommen. Jetzt hängt es vor meinem Küchenfenster, an einem langen roten Samtband, ungefähr auf Augenhöhe.

Früher habe ich Lebkuchenhäuser gebacken und mit den Kindern verziert, den dunklen Teig ausgerollt und genau abgemessen, damit die Stücke auch passten. Zuckerguss dick aufgetragen, um Dach und Häuserwände aneinanderzukleben, eine gute Übung in Konzentration und Geduld. Clemens hatte mit den Kindern Schokolinsen und Weingummis in den Guss geklebt und am Ende Watte in den Schornstein gesteckt. Dann saßen wir davor und haben gewartet, bis er trocknet. Über die Wochen bis Heiligabend verlor das Haus an Zuckerschmuck, die Kinder und Clemens naschten davon, Gummibärchen und Lakritzsteinchen verschwanden und hinterließen ihren Abdruck im weißen Zuckerguss wie Spuren im Schnee, am Ende war es fast kahl. Heiligabend stand es neben der Krippe auf dem Geschirrschrank und sah zerrupft aus, leergefuttert.

Clemens hatte eine Rangfolge an Heiligabend. Einen festen Ablauf. Krippenspiel. Dann Weihnachtsgeschichte vorlesen. Dann Singen. Stille *Nacht. O du fröhliche. Vom Himmel hoch.* Im ersten Jahr ohne Clemens habe ich nicht gewusst, wie feiern. Ob überhaupt. Ich dachte, es wird nicht gehen. Aber dann ging es. Clemens' Mutter, die Kinder und ich – wir haben es irgendwie überstanden. Eddie hat geholfen. Er hat alles anders gemacht, alles anders als Clemens in den Jahren zuvor. Das war gut. Zum Beispiel hat er den Baum auf den Tisch gestellt, wie ein neuer Gast stand er da, so wie ich es mir immer gewünscht hatte. Ohne das zu wissen, hatte Eddie den Baum ans Ende des Tisches gestellt. Während wir aßen, tranken und redeten, stand der Baum mitten unter uns. Mit echten Kerzen, ohne Lichterkette, davor die Lilli-Krippe. Lillis Heilige Drei Könige. Wir hatten mit dem Aufstellen der Könige zum ersten Mal nicht bis Epiphanias gewartet, auch das war neu.

Zu jeder Geburt hatte Lilli einen König modelliert. Für Claire den ersten, Melchior. Seine Krone sieht noch aus wie am ersten Tag, sogar die Steinchen und Perlen sitzen, er hält sie in den Händen, aber sein Bart hat gelitten, die Spitze ist zerbröselt. Für Luis gab es den zweiten, für Elsa den dritten und letzten König, Balthasar. Es sind echte Lilli-Könige. Alle drei tragen Lillis Handschrift, sie ist sichtbar im Blau und Grün ihrer Kleider, in ihren großen Händen und Nasen, ihren langen Haaren und fast übertriebenen Gesten. Ein bisschen wie Clochards sehen sie aus, oder Piraten, erschöpft nach langer Irrfahrt, warum nicht, vielleicht kann man sie so denken. Als Elsa geboren wurde, hatte Lilli gesagt, beim vierten Kind beginnt sie mit einer Reihe aus Engeln. Dazu ist es nicht mehr gekommen.

✳

Lilli ist Mutter geworden, da war sie noch selbst ein Kind. Kurz bevor sie die Schule beendete. Das Abitur an der Ziehenschule hat sie noch gemacht, irgendwie. Die Lehrer haben es ihr geschenkt, sagt Lilli, das war reine Großzügigkeit, purer Lehrer-Großmut, auch den kann es geben. Dafür ist sie heute noch dankbar, dass sie ihr Leben nicht ausgebremst haben, sie selbst hatte ihr Leben ja ausreichend ausgebremst, sie selbst hatte es zum Stehen gebracht, sie selbst hatte es in Stillstand versetzt, da mussten es nicht noch andere tun. Mit ihrem Baby im Tragetuch ist sie zur

Prüfung, im Hauptgebäude die zwei Treppen hoch, über diesen stillen Gang und dann rechts hinab zu den Bio-Räumen, mündliche Prüfung Biologie, Herz und Blutkreislauf, CO_2-Kompensationspunkt einer Pflanze, Enzymsynthese beim Arabinose-Operon. Von nichts hatte Lilli eine Ahnung, Herz und Blutkreislauf machten völlig andere Dinge mit ihr, stellten ganz andere verrückte Dinge mit ihr an zu dieser Zeit, in ihrem Kopf war kein Platz fürs Lernen gewesen, nicht ein winziges Eckchen war fürs Lernen frei und verfügbar gewesen, da waren zu viele andere Dinge, die ihren Kopf verbrauchten, jeden klitzekleinen verfügbaren Platz darin, jeder Platz war schon mit anderen Gedanken belegt, die dringender und größer waren als der Biologiestoff für Abiturienten, also hatte sie von nichts eine Ahnung, ein bisschen vom Herz vielleicht. Das schlug ihr wild und heftig bis zum Hals, als sie vor dem Prüfungsausschuss an der Tafel stand, aber ihre Tochter störte das nicht. Claire machte während der Prüfung keinen Mucks, sie schlief und träumte, seufzte kaum merklich und ließ ihre Mutter durchs Abitur gehen.

Lilli bekam ihr Zeugnis und machte sich wenige Wochen später auf nach Madrid, lernte schnell Spanisch, verdiente Geld in einer lauten Tapas-Bar in der Nähe der Puerta del Sol, in der sie erst in der Spülküche, dann in der Küche und später am Tresen arbeitete und bald unersetzlich wurde. Sie hatte ein

Au-pair von der Elfenbeinküste, das mit sehr wenig zufrieden war und eine viel schlimmere Geschichte mit sich herumtrug als Lilli, eine Geschichte, die sie nur in Bruchstücken, nur in Andeutungen, die sie nicht einmal Lilli zu Ende erzählen konnte. Sie teilten sich anderthalb Zimmer, ein winziges Bad ohne Fenster, eine Küche mit Blick auf eine Stadtautobahn, von der es unablässig dröhnte. Lilli sagt, da hat sie gelernt, die Hölle zu küssen, ja, genau da hat sie es gelernt. Das ist auch so ein Lilli-Spruch: die Hölle küssen. Und dabei nicht zu verbrennen. Aufzupassen, dass man Feuer und Glut nicht zu nah kommt.

Wir haben uns getroffen, da war Claire fünf. Hatte geflochtene blonde Zöpfe, sehr spitze Knie und sprach fließend Spanisch, auf diese überdreht schnelle, krachende Art ohne Atempausen, die in Madrid gesprochen wird, dieser rasante Singsang, der immer nach Sommer, nach Hitze und wolkenlosem Himmel klingt. Nach ihrer Rückkehr war Lilli mit Claire in meiner WG am Hauptfriedhof eingezogen, sie hielt es für besser, wenn Claire in Deutschland, mit Großeltern in der Nähe aufwachsen, wenn sie in einen deutschen Kindergarten, in eine deutsche Schule gehen würde. Ein Aushang an einem Schwarzen Brett im Bioladen hatte sie zu uns in die Rat-Beil-Straße gespült, einem vernachlässigten Altbau mit wenig Charme, mit Blick vom dritten Stock auf den Alten jüdischen Friedhof, auf sein weißes Eingangsportal mit den Säulen und die kleine Tür daneben. Drei Studentinnen, die eine vierte suchten. Lilli hatte sich vorgestellt, Gebäck aus Madrid auf einen Teller gelegt, und Claire hatte angefangen, in ihrem Malbuch zu malen. Es war der sechsundzwanzigste November. In der Stadt hatten die Weihnachtslichter und Lichtgirlanden zu blinken begonnen. Vier Abende vor dem ersten Advent. Wir hatten uns gewundert, dass Lilli lieber in Deutschland als in Spanien leben wollte, dass sie ausgerechnet im November zurückgekommen war, kurz vor dem anbrechenden Advent, kurz vor Weihnachten, ausgerechnet zu Beginn der dunklen Jahreszeit. Aber gefragt haben wir nicht. Uns war klar, Frauen, die in diesem Alter schon ein Kind haben, haben ihre Geschichte, ihr Geheimnis, ihre eigenen Gesetze. Wir hatten vielleicht drei Minuten gebraucht, um Lilli zu sagen, in Ordnung, ihr könnt das Zimmer haben. Vielleicht auch weniger als drei Minuten. Vielleicht waren es nur zwei.

Lillis Mutter war damals schon schwer krank. Später habe ich oft gedacht, Lilli ist deshalb zurückgekommen. Nicht wegen Claire, sondern wegen ihrer Mutter. In den manischen Phasen hätte sie ganze Möbelhäuser leergekauft. Boutiquen, Schuhgeschäfte. Lilli und ich sind danach in die Geschäfte und haben verhandelt. Haben gebeten, die Bestellungen zu stornieren, die Sachen zurückzunehmen. Eine große Auswahl an Stiefeln, eine Sofalandschaft mit Schrankwand. Wintermäntel in verschiedenen Farben, aus verschiedenen Stoffen. Leichter, dicker, A-Linie mit leichtem Schwung, schmaler Schnitt mit Pelzkragen, bodenlang und plissiert. Eine Garnitur aus Töpfen, Silberbesteck mit Gravur, die Weihnachtskollektion von Hutschenreuther, Weihnachtskugeln, Zapfen und Glocken, Tassen, Teller, Kerzenständer, überteuerte hässliche Apfelbräter. Es war schwer. Sehr schwer. Mit einem Vater, der Kredite aufnehmen musste, um alles zu bezahlen. Der diese Art von Ruin hinnahm und trotzdem nie richtig verstand, was eigentlich manisch sein sollte. Und warum darauf ein Sturz, ein Fall folgen musste.

Lilli und ich, wir verhandelten wie Diplomaten. Wie Diplomaten mit einem schier aussichtslosen Auftrag. Aber mit sehr ausgeklügeltem Verhandlungsgeschick. Bitte, verstehen Sie doch. Bitte, sehen Sie doch. Unnachgiebig, hartnäckig, durchflochten von Lillis Charme. Die Kleider wurden meist zurückgenommen, zwar mit verdrehten Augen und diesem unvermeidlichen Stöhnen, aber sie wurden zurückgenommen. Sofalandschaft und Schrankwand hingegen wurden geliefert und aufgestellt, gnadenlos an die Wohnzimmerwand geschraubt und abgesetzt, wo Platz war. Zu den Lieferzeiten war die manische Phase immer schon vorbei, und Lillis Mutter saß verstört auf ihrem Küchenstuhl, wie ein Kind, das etwas angerichtet hatte, das seine Eltern nun ausbaden mussten. Silberbesteck mit Gravur ließ sich nicht zurückgeben, Robbe und Berking mit Chippendale-Faden, Lilli hat es noch. In unserer WG in der Rat-Beil-Straße haben wir es manchmal benutzt und beim Essen zum Fenster hinausgeschaut, auf Grabsteine, hohe Buchen, auf das geschlossene Tor, das nur nach Anmeldung geöffnet wurde. Damals hatte ein Friedhof keinerlei Bedeutung für mich. Damals war ein Friedhof ein durch Ewigkeiten von mir getrennter Ort, obwohl ich mit Blick darauf wohnte. Es war ein Ort für andere, nicht für mich. Es war einfach nur ein Ort, der Fremde beherbergte.

Mit Claire war Lillis Mutter anders. Als hätte sie ihren ständigen Wechsel von hell zu dunkel und von dunkel zu hell für Claire aussetzen oder verschieben, diesen Wechsel in den Zeiten mit Claire vergessen können. Mit Claire war sie nie verrückt, sagt Lilli, oder nur wenig verrückt, so wenig wie möglich verrückt, so ein kleines bisschen verrückt eben, so aushaltbar verrückt, als hätte sie das selbst einteilen oder bestimmen können. Es war nicht nur Lillis Idee gewesen, Spanien abzustreifen, Madrid hinter sich zu lassen, diese Mischung aus Staub, Sonne und Lärm, und nach Deutschland zurückzukehren, um hier mit Claire zu leben, ihr Au-pair-Mädchen, das mittlerweile viel mehr für Lilli und Claire war als nur ein Au-pair-Mädchen, zum Abschied zu umarmen, eine lange herzerweichende Runde unter dem gefallenen

Engel im Retiro-Park zu weinen und sich gegenseitig das Versprechen abzunehmen, einander zu schreiben, zu besuchen. Lillis Vater hatte darauf gedrängt, er hatte darauf bestanden, nein, fast gefleht hatte er, seine Enkeltochter in der Nähe zu haben, es war ein neuer Ton in seiner Sprache gewesen, eine neue Mischung aus Bitten und Drängen, die Lilli zuvor nie von ihm gehört hatte, ein Ton, dem Lilli nicht ausweichen und den sie nicht überhören konnte.

*

Einmal im Advent gehen Lilli und ich unterhalb des Bad Homburger Schlosses ins Wasserweibchen zum Gansessen. Wir nehmen an einem einzigen Abend Kalorien für einen ganzen Monat zu uns, sagt Lilli, zur Gans Rotkohl, Kartoffelklöße, Wirsing, wir leeren eine Flasche Rotwein und schaffen den Nachtisch kaum, Kaiserschmarrn mit Mandeleis. Man hat wenig Platz, ich sitze zwischen zwei Holzbalken, zwei Stützbalken, und muss mit angelegten Ellbogen essen, man kriegt jedes Gespräch mit, auch heute können wir uns nicht unterhalten, ohne dass es die anderen mitbekommen. Aber es stört nicht, es stört kein bisschen, das Wasserweibchen hat etwas von einem Hexenhaus, von dem freundlichen Haus einer gut gelaunten Hexe. Im Schatten des Schlossparks, auf der kleinen Terrasse mit Blick auf die ruhige Straße, rauchen wir unsere Advents Zigarette, nach der Gans, vor dem Dessert. Unser Rauchritual zum Ende des Jahres, zum ausklingenden Jahr. Es steht sich hübsch hier, unter Lichterketten und geschmückten Tannenzweigen steht es sich sehr hübsch, im Vergleich zur Stadt ist es unwirklich sauber und aufgeräumt. Wir stehen wie in einer Filmkulisse, kein Auto fährt vorbei, nur Katzen kommen und springen auf die Mauer, alles atmet diese Bad Homburger Ordnung, diese beruhigende Mischung aus Kurpark, Kurgästen, Heilwasser und Thermen. Wie immer sagt Lilli, versuch mit jedem Zug etwas loszuwerden, es abzuwerfen. Und ja, ich versuche es, seit Jahren habe ich das versucht, jedes Mal wenn wir im Advent hier standen und unsere Jahresendzigarette rauchten. Ich hatte viel zum Abwerfen in den vergangenen Jahren, ich hatte viel zum Loswerden, sehr viel. Jetzt muss ich zum ersten Mal überlegen, was werfe ich ab? Was will ich loswerden?

Mir fällt dieser dumme Gedanke ein, den ich loswerden möchte. Zu lange denke ich schon, es war ein Fehler gewesen, damals die Grablichter von Halloween aufzuheben, sie nicht wie sonst sofort in den Müll geworfen zu haben. Ich hatte sie übersehen, nicht mehr auf sie geachtet und auf der Fensterbank stehen lassen, trotz Advent, trotz Weihnachten, Silvester und Neujahr, trotz sich ankündigendem Frühling weiter auf unserer Fensterbank stehen lassen. An

Halloween hatte ich sie vors Fenster gestellt, unter dem die Treppe mit wenigen Stufen zum Haus führt, Luis und Elsa hatten darauf bestanden, dass ich für Halloween schmücke, damit die Kinder in der Straße wissen, wo sie am Abend, wenn es dunkel geworden ist, klingeln dürfen, um ihr Süßes oder Saures! zu rufen und die Hände aufzuhalten. Elsa und Luis hatten es so heftig eingefordert, nachdem alle Kinder in der Nachbarschaft von Halloween sprachen und es nicht zu übergehen war. Also schmückten wir mit Masken, Fledermaus-Girlanden, mit ausgehöhlten Kürbissen. Und Grablichtern. Die ich in diesem Jahr, bevor Clemens starb, nicht entfernt hatte. Später musste ich immerzu denken, es war ein Fehler gewesen, sie stehen zu lassen, sie nicht gleich nach Halloween in den Müll zu werfen. Immerzu musste ich denken, sie haben auf Clemens gewartet. Sie haben für Clemens bereitgestanden.

Es ist verrückt, ich weiß, als könnten Grablichter etwas veranlassen oder verhindern, als könnte ausgerechnet Wachs in einem roten Plastikgefäß etwas bewirken, das in meinem Leben so groß werden würde. Es ist mein dummer Aberglaube, der sich ungewollt in meine Hirnwindungen mischt, ich kann wenig gegen ihn ausrichten. Sehe ich jetzt irgendwo Grablichter, denke ich, ich hätte diese Grablichter von unserer Fensterbank entfernen müssen, ich hätte sie nehmen und in den Müll werfen müssen, warum in Gottes Namen habe ich diese Grablichter damals nicht entfernt, warum habe ich es zugelassen, dass sie auf Clemens warteten?

✳

Bill kommt am Nachmittag allein ins Café, ohne Lillis Vater. Er trägt entsetzliche Trevirahosen mit Gummizug, die aussehen, als würden sie in Kerzennähe sofort Feuer fangen. Der Rest sieht aus wie aus der Kleidersammlung der Kirche, vom Weihnachtsbasar der Gemeinde, ein Pulli mit Rautenmuster, ein gestreifter Schal, eine Mütze mit Ohrenschutz, den man hochklappen kann. Eine unmögliche Kombination, die Bill aber nicht stört, die er nicht wahrnimmt. Das rote Sofa ist gerade frei geworden, er will sich nicht setzen, aber wir bestehen darauf, bitte Bill, setz dich, hier ist dein Kaffee, hier dein Stück Kuchen, wir möchten dich bitte einladen. Er sagt, er habe angefangen, sich ums Haus zu kümmern, ein schönes Stück Land hätten wir da, und er habe Freude daran, Lillis Vater habe ihn heute früh hinausgefahren. Wir wundern uns, weil Lillis Vater noch nie Anstrengungen unternommen hat, die Sache mit unserem Haus irgendwie für uns voranzubringen – die zweite Überraschung mit Lillis Vater in diesem Advent, erst bringt er jemanden wie Bill mit, und dann kümmert er sich plötzlich ums Haus.

58

Ich lasse am Abend das Rollgitter hinab, und Bill erzählt, wie sich seine Vorfahren im mittleren Westen niedergelassen hatten, ihre Häuser aus Holz bauten, Pflöcke in den trockenen Boden rammten, Zäune zogen. Vielleicht erzählt er es, damit wir denken, er kennt sich aus mit Häusern, vielleicht will er einen Bogen spannen zwischen deren Häusern und unserem Haus, das hinter Kirchzell schon zu lange auf seine Vollendung wartet, so lange, dass kaum noch jemand an seine Vollendung glaubt. Aber jetzt, da wir mit Bill reden, kommt dieser Gedanke zurück, er springt in meinen Kopf: Eines Tages werden wir Weihnachten in unserem Haus feiern. Unser Haus und Weihnachten – das gehörte für mich von Anfang an zusammen. Obwohl ich mir Weihnachten nach Clemens' Tod kaum mehr vorstellen konnte, mit diesem Haus konnte ich mir wieder vorstellen, Weihnachten zu feiern, sobald das Haus beziehbar wäre, Weihnachten dort zu feiern. Vielleicht, weil ich ahnte, es würde Jahre dauern, ich also Jahre hätte, um mich auf dieses Weihnachten vorzubereiten, um es an mich heranzulassen, mich an dieses Fest heranzutasten. Ich habe mir oft ausgemalt, einen Baum für uns aufzustellen, frisch geschlagen im Wald, der nur wenige Schritte vom Haus, nur einen Blick vom Haus entfernt beginnt – von Lilli und mir aufs Autodach gezurrt und wenig später im Wohnzimmer aufgestellt, geschmückt mit der Hutschenreuther-Kollektion von Lillis Mutter, gekauft in einer manischen Phase. Hutschenreuther-Weihnachtskugeln, weißes Porzellan, rote Bänder, Stiefel, Sterne.

Bill erzählt, seine Vorfahren mussten hungern, mit dem Hunger war es noch lange nicht vorbei, auch dieses ersehnte Land, von dem sie sich vieles erhofft hatten, beendete nicht ihren Hunger. Bills Vater ging später weg von dort, weg von den spröden Feldern, kehrte dem Weizen, dem schnell, fast ruckartig verschwindenden Licht am Abend den Rücken und machte sich auf Richtung Süden, der Sonne nach. Bill ging als junger Mann noch weiter Richtung Süden, ließ sich nieder in Florida, hatte einen Copyshop in einer Kleinstadt, mit zwei Mitarbeitern, *Conley's Copy Corner,* dreimal C. Er hatte einen Versand für Druckerpatronen, es ging ihm gut, decent, wie er sagt, er hatte ein decent life, rund um Copyshop, Versandlager, Frau, zwei Kinder, einen Hund, einen Garten mit einem Rasensprenger, ein Haus, ein großes Holzhaus ohne Keller. Das eines Tages dann der Hurrikan mitgenommen hat. Swept away, sagt Bill. Lilli und ich fragen nicht. Wir fragen nicht nach der Versicherung, warum sie nicht gezahlt hat. Wir fragen nicht nach den Resten des Hauses, wir fragen nicht nach Entschädigung. Nicht nach Frau und Kindern, nicht nach dem Hund. Lillis Vater hatte es schon angedeutet, Bill selbst hat es angedeutet, der Pfarrer hatte es vorher offenbar schon Lillis Vater angedeutet, Bill ist ein Mann mit einer Geschichte, hatte er gesagt, dieser Bill ist ein Mann mit einer Geschichte, in der es einmal alles gab, und dann alles nicht mehr gab.

Weihnachten in der Sonne mochten wir nicht, sagt Bill. Weihnachten brauchten sie die Berge, fuhren mit dem Auto nach Virginia, in ein Cottage im Wald, warteten auf Füchse und Rehe. Bill und seine Kinder suchten Tierspuren, deuteten sie, lehnten sich an einen Baum und lauschten der Stille. Hörten auf die Stille. Bill sagt, das liege an seinem deutschen Erbe, dass er Weihnachten nicht ohne Berge, nicht ohne Wald sein, dass er Weihnachten Sonne und Meer nicht ertragen könne, weil es nicht passt und nicht zusammengehört. Das sei nur seinen deutschen Wurzeln zu verdanken, die sich nah an der Schweizer Grenze in die Erde krallten, an der Erde festhielten. Deutschland hat das richtige Weihnachten, sagt er, trinkt von seinem Kaffee, schaut durchs Fenster auf die Straßenbahngleise und auf Menschen mit hochgestellten Mantelkragen, als fände er dort den Beweis und das passende Bild dafür. Hier gibt es richtiges Weihnachten, sagt er, Weihnachten nach meiner Vorstellung, Weihnachten mit Wald und Bergen, im besten Fall mit Schnee.

Mehr als hundert Jahre, sagt Bill nach einer Pause, um wieder vor dem Nichts zu stehen. Hundertfünfzig Jahre Amerika – und dann zurück. Er betont die erste Silbe in zurück, er sagt zu-rück, als seien es zwei Wörter. Er spricht ohne Bitternis, ohne bitteren Ton, er sagt es auf seine Bill-Art, als sei das Leben so ausgerichtet und der Mensch müsste es hinnehmen, dieses undurchsichtige Geben und Nehmen, dieses undurchdringbare Regelwerk aus Beschenken und Verlieren. Bill sagt es auf leichte, verschwenderisch freundliche, üppig freundliche, für andere beschämend freundliche Bill-Art, für mich jedenfalls ist Bills Leichtigkeit beschämend, seine Fähigkeit, nicht zu hadern, seine Fähigkeit zu dieser kleinen Handbewegung, mit der er diese zwei Wörter untermalt – swept away. Der Einschnitt in seinem Leben, die Tragödie seiner jüngsten Jahre legt er in diese winzige Handbewegung und macht sie klein. Vielleicht geht er nicht mehr zu-rück, sagt er, vielleicht bleibt er. Wäre das möglich, würde er bleiben.

*

Es stimmt nicht, dass Clemens und Eddie einander nicht ähneln. Aber ich sehe nicht mehr Clemens in Eddie. Ich sehe nur noch Eddie in Eddie. Davor hatte ich versucht, Ähnlichkeiten zu finden. Ja, es gibt sie, natürlich, so wie es zwischen Geschwistern immer Ähnlichkeiten gibt. Es sind die Brauen, ihre Art, spitz Richtung Stirn zu deuten, es ist die Farbe der Augen, eine bestimmte Art zu gehen, zu stehen sogar, vielleicht sind es auch die Schultern, breit und kantig. Irgendwann konnte ich es ablegen. Ich habe Eddie einfach Eddie sein lassen, ohne weiter Clemens in ihm zu suchen. Und ich finde, es hat nicht zu lange gedauert. Ich finde, ich war tapfer darin, sehr tapfer, fast übermenschlich tapfer. Niemand braucht es mir zu sagen, ich sage es selbst zu mir, ich erledige das, ich übernehme das für mich selbst: Ich war tapfer darin. Auch wenn ich in vielem wenig oder gar nicht tapfer bin, jedenfalls nie ausreichend tapfer – darin war ich es: Clemens nicht länger in Eddie zu suchen.

*

In der Vorweihnachtszeit tummelt sich vieles in mir. Eine Art Gewitterwelt des Herzens. Noch immer sehe ich nicht ein, warum ausgerechnet ich. Warum ausgerechnet wir. Ich will dankbar sein, habe es aber noch nicht geschafft, dankbar zu sein, seit Clemens nicht mehr da ist. Früher fiel es mir leicht, dankbar zu sein. Im Gottesdienst an Heiligabend konnte ich mühelos niederknien und mich im Gebet bedanken. Mir reichte die Zeit kaum aus für das viele Danken. Seit Clemens nicht mehr da ist, habe ich damit aufgehört. Ich kann an Heiligabend nicht mehr niederknien und mich bedanken. Lilli hat gesagt, du pausierst nur mit dem Dank, du machst gerade Pause mit dem Dankesagen.

Dabei hätte ich weiter Grund, auch jetzt. Meine Kinder sind gesund, ich bin gesund, Lilli ist gesund, das Café läuft und trägt uns. Ich bin froh, wenn ich zu tun habe, es lenkt mich ab und führt mich weg von meiner trüben Gedankensuppe, in der ich nach Erklärbuchstaben suche, wie Lilli das nennt. Heute hat sie im Café fast in Endlosschleife Stevie Wonders *Someday at Christmas* laufen lassen und gesagt, das war doch immer dein Liebstes, ja, war es mal, habe ich gedacht, aber nichts erwidert. *Someday at Christmas* ist weit weggerückt von mir. Ich frage mich, was Weihnachten noch für mich ist. Ich habe lange gehadert, mich lange geweigert, nicht zu hadern. Mit wem auch immer. Mit einem Schicksal, einem von Gott veranlassten Schicksal, meinem Schicksal. Ich habe mich in Kopfpirouetten gedreht und lange nicht hinausgefunden. Die Kinder haben geholfen. Einfach, weil sie da waren. Weil sie nicht plötzlich weg waren. Auf und davon, so wie ihr Vater. Wir hatten keine Zeit gehabt, uns darauf vorzubereiten. Es war nicht vorzubereiten gewesen, wie ließe sich so etwas auch vorbereiten?

Weihnachten hat viel von mir einstecken müssen, ich habe viel auf Weihnachten geschimpft. Aber es hat nachgelassen, ich habe Weihnachten schon seit einer Weile keinen Vorwurf mehr gemacht. Lilli hat damals gesagt, Weihnachten kann nichts dafür, dass alles so gekommen ist, die Kinder können auch nichts dafür, also lass uns feiern, lass uns Weihnachten feiern. Und dann ließ ich es zu. Ich brauchte nicht viel zu tun, Eddie und Lilli hatten das übernommen. Zuerst war ich wütend auf sie gewesen, ich war auf alles wütend gewesen, auch auf die Geburt des Heilands, auf das Krippenspiel, auf den Stadtregen, der pünktlich an Heiligabend fiel und alle nassspülte, die unter dem großen Stadtgeläut auf dem Römerberg standen. Es war leicht, wütend zu sein. Wütend zu sein, war nah. Wütend zu sein, war das Naheliegende. Alles andere war weit entfernt. Nicht wütend zu sein, zum Beispiel. Nicht wütend zu sein, war damals unendlich weit entfernt. Unerreichbar, nie mehr einholbar weit entfernt.

*

Die besten Weihnachtsfeste waren die meiner Jugend und meines frühen Erwachsenenlebens. Die Aufregung der Kindheit war vorbei, meine Mutter hielt weiter die Weihnachtsfäden in der Hand, also musste ich nichts tun außer den Baum schmücken, den Tisch decken und zur Christmette gehen. Als Studentin war Heiligabend bei meinen Eltern Heimkehr, Rückkehr, mein stiller, beglückender Aufenthalt zwischen den Welten. Der erste Weihnachtsfeiertag war ein Tag des Lesens und Schlafens, die Büchergeschenke stapelte ich neben meinem alten Bett, blätterte darin und ließ mich mitnehmen, ein Tag der wohlverdienten Ruhe, eine Miniatur-Auszeit kurz vor dem Jahreswechsel. Der zweite Weihnachtsfeiertag gehörte den Freunden, den Daheimgebliebenen und Rückkehrern. Wir trafen uns im Stadtpark mit den Resten vom Fest, Gänsekeulen, Braten, Schmalzbroten, Stollen mit Marzipan, Glühwein und Weihnachtsgebäck. Wir zündeten Wunderkerzen an, die übrig waren von Heiligabend, manchmal stellten sich Fremde dazu, einer packte seine Gitarre aus und wir sangen Weihnachtslieder. *O du fröhliche. Maria durch ein Dornwald ging. Fröhliche Weihnacht überall.* Wenn es dunkel wurde, gingen wir zu jemandem nach Hause und feierten bis zum Morgen.

Meine Eltern hatten keine Geschenke haben wollen. Eine gute Tat an Weihnachten, darauf sollte ich mich beschränken, es musste nichts Großes sein. Als Kind ging ich in die Nachbarschaft und verteilte meine Gaben dort. Kleinigkeiten, Winzigkeiten, Basteleien, Christrosen, die ich selbst gezogen und eingetopft hatte. Ich blieb auf einen Tee und einen Spekulatius und übernahm Aufgaben, brachte Kisten vom Dachboden zum Müll, half beim Einkaufen oder fand heraus, wo man ein bestimmtes Geschenk besorgen, wo man einen Hund über die Feiertage lassen konnte, oder bot mich selbst an, mich um diesen Hund zu kümmern. Das waren meine guten Taten. Später fing ich mit dem Spenden an und klebte die Spendenquittung in die Weihnachtskarte, Friedland-Lager, Brot für die Welt, Greenpeace, Unicef,

Kindernothilfe, SOS-Kinderdorf. Die örtliche Küchensuppe, Kleiderkammer, Feuerwehr, die örtliche Behindertenwerkstatt. Es gab unzählige Möglichkeiten, ich konnte jedes Jahr neu überlegen, wer mein Geld kriegen sollte, Kinder, Wale oder Kranke. Heute fehlen mir diese guten Taten. Hat man Kinder, sagt Lilli, begeht man jeden Tag mindestens zwanzig oder hundertzwanzig gute Taten an den eigenen Kindern und steht ständig für sie bereit – das sollte reichen.

*

Von Claires Vater hat Lilli nur ein Foto. Und einen Namen. Villads. Auf der Fähre nach Norwegen von Lilli fotografiert. Geschossen mit ihrer Kodak Retina. Lange vor den weltflutenden, immergleichen Handy-Fotos. Villads steht im Wind, die langen blonden Haare wie wilde Tentakel, die zum Nordhimmel zeigen. Wikingerlächeln, Rollkragenpulli im Juni, Lederbändchen am schmalen Handgelenk. Auf eine bestimmte Art umwerfend, auf eine bestimmte Art unwiderstehlich. Abends an Deck getrunken – nachts die Schlafkabine aufgestoßen – im Morgengrauen zu den Eltern zurückgekehrt, so fasst es Lilli heute zusammen. Ja, wie soll man so einen Villads wiederfinden?

*

Über Nacht ist Schnee gefallen. Nicht bei uns in der Stadt, aber am Hoherodskopf. Lilli ruft an und sagt: Vogelsbergtag. Leute, Parole Vogelsbergtag! Claire bleibt mit der Aushilfe im Café, Samstag und Sonntag gehören uns, Montag um sechs Uhr fahren wir zurück und setzen die Kinder gleich an der Schule ab, gefrühstückt wird im Auto, frische Brötchen vom Bäcker am Ortsausgang, der hat um diese Uhrzeit schon geöffnet. Die Schneesachen für die Kinder und mich liegen in den Wintermonaten immer bereit, Skiunterwäsche, dicke Wollsocken, Skihose, wasserfeste Handschuhe, Mützen, Schneestiefel. Es sind drei Handgriffe, dann können wir los. Seit es Clemens nicht mehr gibt, haben wir das so eingerichtet. In jedem Winter kommt der Tag, an dem es geschneit hat und wir in den Vogelsberg fahren, die Stadt und unser Café für ein Wochenende hinter uns lassen. In jedem Winter kommt der Tag, an dem Lilli anruft und sagt: Leute, Parole Vogelsbergtag! Solange unser Haus im Odenwald nicht fertig ist, gilt für uns diese Parole. Solange wir nicht in den Odenwald in unser Haus können, fahren wir in den Vogelsberg. Meist kommt dieser Tag erst im Januar oder Februar. Jetzt ist er schon im Dezember da.

Lilli hat das Alte Forsthaus für uns gemietet, direkt an der Hauptstraße, aber sobald man sie überquert, steht man in einer schier grenzenlosen Schneelandschaft unter einem übertrieben großzügig weiten Himmel. Man läuft den Hügel hoch und schaut zum Hoherodskopf, vielleicht achttausend Meter Luftlinie. Das Haus ist aus sprechendem Holz gebaut, sagt Lilli, knarzende Dielen, knarrende Treppen und Türen. Es ist geräumig, hat ein riesiges warmes Bad. Lilli und ich schlafen zum Garten hin, im großen Zimmer, die Kinder unter dem Dach, in einem großen Bett unter der Schräge, neben einem Regal mit Brettspielen, fast alle haben wir schon gespielt. Das Wohnzimmer ist geschmückt, ein Kranz mit roten Bändern hängt vor dem Fenster, Windlichter stehen auf der Fensterbank, auf einem Tuch mit springenden Hirschen. Auf dem Tisch steht eine dicke rote Kerze, auf einem Teller mit Tannenzapfen. Hinter dem Haus liegt ein großer Garten, der an den Wald grenzt. Der Teich ist zugefroren. Die Tannen stehen weiß, schwer beladen mit Schnee. Im Keller sind Langlaufskier, Schneeschuhe zum Schneewandern. Elsa und Luis steigen in die Skier und ziehen los, ich schaue ihnen vom Fenster aus nach und sehe sie kleiner werden, zwei zierliche Gestalten mit Stöcken in einem Meer aus Weiß. Lilli legt die Schneeschuhe für uns bereit, wir laufen eine große Kurve, wenig Anstieg, die Sonne wärmt uns. Als wir oben ankommen, stecken wir die Stöcke in den Schnee und nehmen die Brillen ab. Weißes endloses Wintermeer. Wir reden nicht. Sonst reden wir ständig, aber hier schweigen wir. Aus irgendeinem Grund wollen wir schweigen, wir finden es angemessen, hier zu schweigen.

Am Nachmittag ziehen wir die Schlitten durchs Dorf zum Hang, Luis und Elsa laufen mit den Dorfkindern den Hügel hoch, sie sehen nicht aus wie Dorfkinder, etwas verrät sie, etwas zeigt, sie sind keine Einheimischen, vielleicht sind es ihre Mützen, die einen Tick zu modisch sind, vielleicht ihre Blicke, wie sie den Schnee anschauen, verrät sie womöglich, vielleicht ist es ihr Blick auf den Schnee, ihr staunender, neugieriger, verliebter Blick auf den Schnee. Ich verliere sie im Gewimmel aus den Augen und spüre plötzlich diese dumme Angst in mir hochsteigen. Seit Clemens nicht mehr da ist, kenne ich diese dumme plötzliche Angst, meine Kinder könnten verlorengehen, meine Kinder könnten mir abhandenkommen, meinen Kindern könnte etwas zustoßen. Lilli packt die Thermoskanne aus, wir trinken einen ihrer Probiertees, New Goji Berry. Ich rede gegen meine Angst an, ich frage, ob Ursel ihn mochte. Lilli schüttelt den Kopf, und ich muss lachen. Auf dem Rückweg jagen die Kinder auf ihren Schlitten durchs Dorf zurück zum Forsthaus. Lilli sagt, so wird das nächsten Winter im Odenwald sein, pass auf, genauso wird es, nur dass wir kein Haus mehr mieten müssen.

Am Abend spielen wir Uno mit heißen Wangen, Luis und Elsa sitzen in Skiunterwäsche und dicken Socken am Tisch, sie glühen, der Schneetag glüht in ihnen weiter. Lilli hat Suppe mitgebracht, einen großen Topf Suppe. Sie sagt, wenn sie hier ist, will

sie nicht einkaufen, nicht in der Küche stehen und
Gemüse schneiden oder am Herd in einem Topf rüh-
ren. Wenn sie hier ist, will sie nur mit dicken Stiefeln
durch den Schnee laufen oder vom Fenster hinaus
auf diesen Schnee schauen, auf diesen glitzernd weißen, endlos scheinenden Schneesee, auf seine weiß
gestäubten Tannen, die sich unter Sonne und Mond
in einem silberweißen Pfad den Hügel hinaufziehen.
Sie will nur den großen Topf auf den Herd stellen
und fünfzehn Minuten später Suppe in unsere Teller
schöpfen. Heute Linsensuppe mit Würstchen, dazu
dunkles Brot vom Ortsbäcker. Die Kinder schlafen
schnell ein, sobald sie in ihren Betten liegen, fallen ihnen die Augen zu. Der Schnee hat sie müde gemacht,
der weiße Himmel, der endlose weiße Schneesee.

✳

Eddie und Clemens sind an der Küste aufgewachsen.
Clemens war ein Jahr älter als Eddie. Aber jeder hat
sie für Zwillinge gehalten. Beide sind kurz vor Weihnachten geboren. Clemens im November, als sich
Weihnachten schon ankündigte. Eddie im Dezember,
als es schon sehr nah war. Vor Weihnachten gibt es
dort selten Schnee, wenn überhaupt, fällt Schnee im
Februar. Aber Clemens' Mutter erzählt, als Clemens
und Eddie geboren wurden, lag Schnee, November
und Dezember, in zwei aufeinanderfolgenden Jahren.

November und Clemens – das passte gut zusammen. Ich bin froh, weil ich seinen Geburtstag aus dem Dezember heraushalten kann, ich muss mir im Advent nichts für Clemens' Geburtstag einfallen lassen, im Advent liegt sein Geburtstag schon hinter mir, mein Sammeln an verfügbaren Kräften, mein Loslassen, das ich mir über die Jahre antrainiert habe, das ich lernen musste. Neunundvierzig wäre Clemens vor wenigen Wochen geworden. Ich bin mit Lilli und den Kindern zum Friedhof. Hauptfriedhof, Eingang Eckenheimer Landstraße, dann links halten, weg von den großen Gräbern und Familiengruften. Schopenhauer und Adorno in Laufnähe – das hätte Clemens gefallen. Jedes Mal muss ich denken, wie komisch es ist, dass ich früher mit Lilli oben an unserem Fenster in der Rat-Beil-Straße gesessen und hinab zum Friedhof geschaut habe, ohne eine Beziehung oder Verbindung dahin zu haben. Es war einfach nur unser großer städtischer Friedhof, auf dem wir gern spazieren gingen, unter Engeln aus Stein, Kastanien und Buchen. Ich saß an unserem Küchenfenster, schaute hinab ins Friedhofsgrün und hatte keine Ahnung von dem, was mich erwartet, wie auch.

Ich überlasse es jedes Mal den Kindern, ob sie Lilli und mich begleiten. Ich erzwinge es nicht, befehle es nicht. Ich verlange es nicht. Die Kinder können nicht viel anfangen mit einem Stein, auf dem der Name ihres Vaters steht, darunter zwei Jahreszahlen für Geburt und Tod, Anfang und Ende, Alpha et Omega, also verlange ich es nicht. Es ist schlimm genug für sie, immer wieder sagen zu müssen, mein Vater ist gestorben. Anderen Kindern, anderen Erwachsenen immer wieder sagen zu müssen, mein Vater ist gestorben. Ein Satz, den sie erst lernen mussten, sein neues, bis dahin unbekanntes Vokabular. Heute klingt es fast selbstverständlich, wenn sie ihn sagen, es klingt fast ungerührt, einfach nur wie, mein Vater ist gerade nicht da, mein Vater ist gerade abwesend. Bislang wollten sie immer mit, alle drei, Luis, Elsa und Claire. Jedes Jahr stehen sie an Clemens' Geburtstag auf dem Hauptfriedhof an meiner Seite. Staunen mit mir über diese Jahreszahl. Über dieses lächerlich kurze Leben.

Ich gehe seltener hinaus, als ich dachte, ich würde hinausgehen, als ich es mir vorgenommen hatte. Aber Anfang Advent gehe ich immer noch einmal allein, wenn sich der erste Nachtfrost an den Gräbern festhält, das Novembergedenken an die Toten aber abgeschlossen ist. Der Advent ist mir lieber als die eingeforderte Gedenkzeit im November. Eigentlich brauche ich keinen Ort der Erinnerung, keinen Ort der Begegnung, ich kann mich überall und ständig an Clemens erinnern, ich kann ihm überall und ständig in meinen Gedanken begegnen, öfter, als ich es wirklich will, ich brauche dafür keinen Ort.

*

Einen Blumenstrauß aus Plastik hat Bill immer dabei, den er mitnimmt, mitbringt, aufstellt oder, wenn er kein Gefäß findet, auf den Tisch legt: vier Rosen aus Plastik, rot, gelb, weiß, rosa. Der Strauß ist Bills Zeichen, sein Merkmal, sein Begleiter. Zur Baustelle nach Kirchzell nimmt er die Blumen mit, ins Café Lilli. Es ist sein wichtigstes Gepäckstück. Ich habe zu Lilli gesagt, ich glaube, er hat eine Menge zu tragen, und Lilli hat erwidert, nein, nur diesen Strauß. Bill fährt morgens um halb fünf hinaus nach Kirchzell, weit vor dem ersten Stau, wenn es noch Nacht ist, dunkle, tiefblaue Nacht über dem Odenwald, er klopft Hallstein und Brenner aus den Betten, die sich bei Lilli erst beschwert hatten, wer hat diesen Amerikaner eingeschaltet? Lilli hatte ihnen erklärt, er ist unser neuer Bauleiter, weil das ja sonst niemand übernimmt, und dann hatte sie gesagt, so, alles Weitere dann bitte mit Herrn Conley, und aufgelegt. Mittlerweile nennen sie ihn Bill und rufen an, wenn er nicht kommt. Lilli sagt zu mir, er ist unser Weihnachtsbote, unser Weihnachtsengel, nenn es, wie du willst, aber mit Weihnachten muss es zu tun haben. Oder warum schneit er jetzt im Advent in unser Leben?

∗

Tauwetter am sechzehnten Dezember. Acht Tage bis Heiligabend. Im Café verkaufen wir Lillis Stollen im

74

Akkord. Dazu ihr Geheimnis, Korinthen über zwei Nächte in Jahrgangsrum, weniger Rosinen, dafür mehr Mandelstückchen. Mit den Kindern hat sie gestern Meraner Nüsse gemacht. Luis und Elsa haben zerriebene Pistazie mit Marzipan verknetet und zu Bällchen geformt, Claire hat sie in Zucker gewendet, mit Walnüssen bestückt. Sie sehen fantastisch aus, wir verkaufen sie für sechs Euro siebzig das Tütchen. Mit roter Schleife, nach Claire-Art gebunden, kleine dicke Schleife, lange Bänder. Keiner sagt, so teuer, viel zu teuer. Jeder will ein Tütchen mit nach Hause nehmen.

*

Ich liege wach, die Nacht lässt mich nicht schlafen. So haben wir alle unsere Verluste, denke ich, alle unsere Niederlagen, die das Leben für uns vorgesehen hat, die das Leben für uns ausgesucht hat. Lilli hat ihre Verluste, ihr Vater hat sie, Ursel hat sie. Und Bill hat sie. Bill hat seine Verluste. Tot ist ein Wort, das ich aus meinem Vokabular gestrichen habe. Tot ist seit Clemens' Tod nie mehr gesagt worden. Nicht von mir, nicht von den Kindern, nicht von Eddie und Katja, jedenfalls nicht in meiner Gegenwart. Vielleicht sagen sie es, wenn ich nicht dabei bin, vielleicht sprechen sie es dann aus, vielleicht sagen sie dann Sätze, in denen das Wort tot vorkommt, kann sein. Es ist albern, ich weiß es ja, so zu tun, als gebe es etwas nicht, nur weil man das Wort nicht mehr sagt, weil man es weglässt. Ich habe Angst, das Wort zu sagen, ich habe noch immer große Angst, es zu sagen, eine Angst ist in mir, dieses Wort noch einmal zu sagen, es noch einmal auf meine Zunge zu legen und über meine Lippen zu bringen, es in die Welt zu lassen. Als sei es das Wort, das etwas auslösen könnte.

Seit es damals gefallen ist, seit es damals in diesem Krankenhaus zu mir gesagt wurde, seit ich es eingesteckt, nach Hause getragen, mit in unsere Zimmer gebracht und an unserem Küchentisch ausgepackt habe, ist es zu meinem Unwort geworden, zu meinem Nicht-Wort, zu einem Wort, das ich gelöscht, aus meinem Sprachgebrauch gelöst, abgeschnitten, herausgetrennt habe, drei Buchstaben, ich sehe es nicht, wenn es irgendwo geschrieben steht, ich höre es nicht, wenn es jemand sagt, wenn jemand dieses Wort achtlos ausspricht.

*

Mit dem Fotografieren hatte Lilli früh begonnen. In Madrid hatte sie Serien entwickelt, zum Beispiel dieselbe Stelle einer Mauer zu verschiedenen Tageszeiten. So heißen die Bilder auch Mauerstück an der Calle San Marcelo, morgens um fünf, Mauerstück an der Calle San Marcelo, nachts um zwei. Calle

Virtudes, Fenster im Morgengrauen, Calle Virtudes, Fenster in der Abenddämmerung, und so weiter. Lilli fotografiert Gebäude, Häuserfronten, Mauern. Niemanden hatte das bislang wirklich interessiert, es gab kleine Ausstellungen, spärliche Verkäufe. Ihr Geld hat Lilli immer mit anderen Dingen verdient. Erst seit wir das Café Lilli betreiben, kaufen die Menschen Lillis Bilder. Lilli sagt, jetzt wird sie belohnt, weil sie einmal die Hölle geküsst hat, das ist ihre Belohnung für den Höllenkuss.

Jetzt, kurz vor Weihnachten, gehen Lillis Fotografien weg wie warme Semmeln. Das ist fast komisch. Dachvorsprünge, Fenstersimse, Laternen: Stadtzeichen. Als brauchten die Leute genau das, sagt Lilli, Stadtbewohner aus Stein. Aus bröckelndem Stein. Lilli hat einen Kopf modelliert. Gestern, nachdem sie das Gitter herabgelassen hatte und nach Hause gefahren war, hatte sie plötzlich Lust, einen Kopf zu modellieren. Es ist der Kopf meiner Mutter, sagt Lilli und stellt ihn aufs Regal unter die Fotografien, kurz bevor ihr die Augen zufielen, muss sie so ausgesehen haben. Was willst du für ihn haben?, frage ich. Lilli sagt, er ist unverkäuflich.

✳

Am Morgen sitzt Ursel mit Bill am kleinen Tisch vor dem großen Fenster. Hinter ihnen rollen die Straßenbahnen Richtung Stadtmitte. Regen schlägt an die Scheibe. Menschen in Mützen, Handschuhen, mit hochgeschlagenen Kragen, Taschen über den Schultern, die dunkelgraue Morgenmasse, wie Claire sie nennt. Ursel und Bill sind die ersten Gäste. Bill ist am Morgen nicht zum Haus hinausgefahren. Er sagt, er bleibt in der Stadt, er will die Stadt im Advent bewundern. Ja, bewundern sagt er, ihre Lichter, ihren Schmuck, er will durchs Westend spazieren und sich die Auslagen ansehen. Neulich ist er mit Lillis Vater durchs Westend gefahren, was ihm zu schnell ging, der Blick aus dem fahrenden Auto war ihm zu flüchtig, heute will er sich Zeit lassen, er will vor den Auslagen stehen bleiben und sich Zeit lassen. Er sieht aus, als würde er Ursel fragen wollen, ob sie ihn begleitet.

Bill hatte erst allein auf dem kleinen roten Sofa mit der hohen Lehne gesessen, aber als Ursel gekommen ist und vor dem Fenster Platz genommen hat, hat er sofort gefragt, ob er sich zu ihr setzen dürfe. Lilli hat eine große Kanne Darjeeling-Morgentee zwischen die beiden gestellt und gesagt, die geht aufs Haus. Keinen Probiertee. Dazu einen kleinen Teller mit Weihnachtsgebäck, Stollen, zwei Meraner Nüsse. Bill und Ursel sehen nicht aus, als kennten sie sich erst seit wenigen Tagen. Sie sehen aus, als kennten sie sich schon eine ganze Weile. Das Reden fällt ihnen nicht schwer, Ursel fällt es leicht zu reden, Bill fällt es leicht. Sie sehen aus, als hätten sie eine Menge zu besprechen, als würde auch alles taugen, um erzählt zu werden. Ursel wechselt ins Englische, Bill lobt ihr Englisch, er will gar nicht aufhören, sie für ihr Englisch zu loben, nach jedem englischen Ursel-Satz sagt er etwas Lobendes. Das Café füllt sich, die Tür geht auf und zu. Ich stehe an der Theke und gebe braunen und weißen Würfelzucker in Gläser, bereite Milchkaffee, Latte macchiato und Cappuccino zu. Als der Regen nachlässt, holt Bill Ursels Mantel von der Garderobe und hält ihn so, dass sie hineinschlüpfen kann. Als sie gehen sagt Lilli, Ursel, ich wusste ja gar nicht, wie gut dein Englisch ist.

✳

Lilli hat mir in den Jahren ohne Clemens gesagt, ich solle allein verreisen. Damit ich nicht nur Kinder und Arbeit bin, sondern auch noch ein Stückchen ich selbst. Fast befohlen hat sie es. Ja, wie ein Befehl klang es, aus Lillis Mund komisch, der Befehlston ist ihr fremd, Lilli kennt keinen Befehlston, in all den Jahren habe ich sie nicht einmal so mit Claire reden hören, auch im Café spricht sie mit niemandem so, mit keiner Aushilfe, keinem Lieferanten. Du musst einmal im Jahr wegkommen, hat sie zu mir gesagt, und nur du sein, sonst geht dir das verloren. Zwei Tage lang, drei Tage lang musst du nur du sein, ohne

Kinder, nur du, mit dir. Einmal im Jahr nimmt sie
Luis und Elsa deshalb zu sich und lässt mich verreisen. Es sind keine großen Reisen, ich fahre in
den Odenwald zum Wandern, übernachte in einer
Pension in Erbach und ziehe von dort los. An die
Großstadt habe ich mich ein einziges Mal gewagt.
Letzten Herbst bin ich nach Berlin gefahren, ausgerechnet Berlin, ich hatte mir eine Karte für die
Faust-Inszenierung an der Volksbühne besorgt und
mich kurz vor Advent, bevor in unserem Café das
Weihnachtstreiben begann, in einem Boutique-Ho-
tel in Mitte eingemietet. Ich dachte, das könnte mir
guttun, aber dort kam ich mir seltsam verloren vor,
ich hatte meinen Radius zu weit gesteckt, meinen
kleinen Frankfurt-Taunus-Odenwald-Radius aus-
gehebelt, in dem ich mich halbwegs sicher bewege,
nur um dann allein über Berliner Pflastersteine zu
gehen und allein bei meinem Hotelfrühstück zu sitzen, was ich mir netter ausgemalt hatte, als es dann
wirklich war. Ich habe an einem großen Fenster gesessen, mit Blick auf die Tieckstraße, nicht weit von
mir die Gräber von Brecht, Hilbig und Wolf, ich habe
mittags meine Laufschuhe angezogen und bin an den
großen Straßen entlanggelaufen, Chausseestraße, In-
validenstraße, rund um den Nordbahnhof. Dabei
habe ich diese Aufschrift auf einer Tür aus Milchglas
entdeckt: Zentrum für Achtsamkeit, und sofort gedacht, ich bräuchte eher eines für Unachtsamkeit, für

deutlich weniger Achtsamkeit. Achtsam bin ich übertrieben. Mehr Unachtsamkeit würde mir guttun. Ich
achte auf zu vieles, nicht auf zu wenig.

Ich hatte nicht mehr genau gewusst, was und wie
das sein sollte: nur ich sein, was Lilli genau damit
gemeint hatte. Es fiel mir schwer, nur ich zu sein,
ich ohne Clemens, ich ohne meine Kinder. In Berlin fiel mir das besonders schwer, also bin ich früher
abgereist, bin einen Tag früher zurückgefahren als
geplant. Ich habe der Tieckstraße Adieu gesagt, der
Torstraße, dem Rosenthaler Platz, den Museen groß
und klein, etwas zog mich drängend nach Hause. Ich
kann mich nicht mehr zu weit entfernen, es beunru-
higt mich. Vom Odenwald kann ich in zwei Stunden
zu Hause sein, falls etwas geschehen sollte, falls etwas
mit den Kindern geschehen sollte. Obwohl Lilli mir
immer wieder sagt, dir wird nichts mehr geschehen,
dir nicht, den Kindern nicht. Lilli hatte ich nicht gesagt, dass ich schon früher als geplant zurück war,
ich war in mein Bett gekrochen und hatte sie nicht
angerufen. Ich hätte ihr nicht sagen können, Lilli, ich
bin wieder da, ich bin doch früher zurück, ich habe
meine Zelte in Berlin schon abgebrochen, weil ich
keinen Grund mehr hatte, dort zu bleiben, du kannst
die Kinder jetzt nach Hause bringen. Denn etwas ließ
mich denken, es war gegen unsere Abmachung, ich
hatte gegen unsere Abmachung verstoßen. Ich hatte
mich nicht genügend angestrengt, mich an die Vor-

gabe zu halten, die Aufgabe zu erfüllen, nur ich zu sein. Ich hatte überhaupt keine Lust dazu gehabt, nur ich zu sein.

*

Letztes Silvester hatten wir auf unser Haus angestoßen, mit der festen Vorstellung, es diesen Winter als Wochenendhaus beziehen zu können. Ich war mit Lilli und Claire im Café geblieben, um Mitternacht hatten wir uns umarmt, wir hörten die Glocken der Epiphaniaskirche und gingen hinaus an die Kreuzung, um das Feuerwerk zu sehen, bevor Claire auf die Straßenbahn sprang, um die Nacht mit Freunden durchzufeiern. Seitdem sind Lilli und ich jeden Monat hinausgefahren. Viele Samstagabende hatten wir dort verbracht. Luis und Elsa hatten schon gequengelt, nein, nicht wieder zum Haus, bitte nicht schon wieder zum Haus. Wir hatten es mit unseren Vorstellungen gefüllt, mit unseren Wünschen. Ich hatte sicher alles, was ich an Vorstellungen besitze, in dieses Haus gelegt, das nur zu einem Bruchteil steht, nur zu einem Bruchteil vollendet ist. Aber ungefähr im Sommer habe ich Abschied von diesen Vorstellungen genommen, Monat für Monat muss ich einen Teil dieser Vorstellungen aus meinem Kopf entfernt und aufgegeben haben. Jetzt sind alle wieder da. Alle wieder zurück. Seit Bill aufgetaucht ist und unser Haus zu etwas gemacht hat, das möglich sein, das vielleicht doch wahr sein könnte, zu einem Gedanken, der wieder denkbar ist, sind sie zurück. So funktioniert das also mit meinem Kopf: Er schaltet auf Vorsicht, kriegt er jedoch die kleinste Ermunterung, geht er sofort wieder auf Risiko.

✳

Ursel sagt, Bill ist ein verrückter alter Mann, wir sollten unsere Wünsche sofort streichen, am besten gleich, aber es klingt nicht wütend, es klingt freundlich, wie sie es sagt. Von verrückten alten Männern habe sie genug, und zwar für alle Zeiten. Männer, die sie über Jahre hintergehen, sie belügen, nach Strich und Faden, ihre Konten plündern, ihr Haus durch ein angeblich sicheres Börsengeschäft verlieren. Denn etwas hat sie in unseren Augen, in unserem Blick gesehen, das uns verraten hat. Uns mit unserem kleinen Wunsch, zwei unverbundene Lebenswege zusammenzuführen und miteinander zu verbinden, sie im Café Lilli an einem Dezembermorgen zusammenlaufen zu lassen und zu verbinden.

Beim Gehen hat Bill neulich gesagt, er will nicht zurück nach Amerika. Dort wartet nichts auf ihn, er hat nichts, besitzt nichts mehr, er ist nackt und leer, hat er gesagt, naked and blank. Aber es hat nicht schlimm geklungen, es hat nicht einmal besonders

83

traurig geklungen, es klang, als würde er etwas sagen, an dem kein Schmerz hängt, kein Bedauern, kaum eine Empfindung, und Ursel hat ihn angeschaut, als hätte sie fragen wollen, ja, und hier? Was wartet hier auf dich, Bill?

✳

Eddies Geburtstag fällt immer klein aus. Im Dezember hat niemand Zeit, Geburtstag zu feiern, jedenfalls niemand, der einen Hofladen hat, auch niemand, der ein Café betreibt. Zwischen Nikolaus und Heiligabend sollte einfach niemand Geburtstag haben, sagt Eddie. Ich habe es trotzdem jedes Jahr geschafft, zu Eddie und Katja zu fahren, ein Geschenk zu besorgen, ein Glas Wein mit ihnen zu trinken, manchmal am selben Abend noch zurückzufahren, manchmal über Nacht zu bleiben und in aller Frühe aufzubrechen, während Katja und Eddie in Schlafanzügen vor der Tür stehen und mir winken, Katja sich plötzlich umdreht und noch schnell etwas aus dem Laden holt, um es mir durchs Autofenster zu reichen.

Beide sind näher an mich herangerückt, seit es Clemens nicht mehr gibt. Vielleicht liegt es an der Art, wie sie mit mir reden. Ich glaube, ihre Art, mit mir zu reden, hat sich verändert. Etwas ist hinzugekommen, etwas hat sich neu in ihren Ton gemischt. Er ist verbindlicher geworden, legt ein Band zwischen uns, das dick und fest und widerstandsfähig ist, als könnte es nicht reißen. Montag bin ich mittags mit den Kindern los, um Eddie zu gratulieren, Luis und Elsa sind über den Hof gestreunt, haben die Schweine gefüttert und im Kuhstall das Heu gewechselt, ihre kleinen Rituale, wenn sie bei Katja und Eddie sind. Im Hofladen türmen sich rote Äpfel unter Lichterketten. Unser Café Lilli kann nicht mithalten. Sobald ich den Hofladen unter Weihnachtsschmuck sehe, denke ich, unser Café Lilli kann einfach nicht mithalten, auch wenn wir uns noch so abmühen, noch so ins Zeug legen. Ist es nur der Unterschied zwischen Stadt und Land? Das Gefälle zwischen Stadt und Land? Schon der Abzweig zum Hofladen sticht uns aus, uns an unserer Straßenbahnstraße, mit Blick auf eine Haltestelle und ihre müden Gesichter morgens und abends. Man fährt unter Linden zum Hof, zum Feld hin sieht man unter einem tiefhängenden Winterhimmel drei karge, leere Eichen, unter denen wir im Frühling und Sommer wieder sitzen werden, unter dem grünen Blätterdach, das im Augenblick aber zu weit entfernt ist, um es mir vorzustellen, um es mir auszumalen, um überhaupt zu glauben, es könnte noch einmal grünen, es könnte wieder sein grünes Kleid tragen, Vögel könnten darin zwitschern, und wir könnten nach oben schauen und ihnen zuhören.

Ich habe eine Schallplatte für Eddie gefunden.

Sein alter Plattenspieler steht im Hofladen, auf einem Holzregal über den Marmeladen, Himbeere, Johannisbeere, Erdbeere. Ich finde jedes Jahr eine Schallplatte für ihn, diesmal *A very She & Him Christmas* auf Vinyl, Gesang und Banjo. Eddie hat sie gleich aufgelegt, *Christmas Wish* und *Sleigh Ride,* wir haben ein Glas Wein getrunken und Hofladenkäse gegessen. Heute hat mich Eddie früh am Morgen angerufen, um mir zu sagen, wer den Laden betritt, fragt sofort, was da gerade laufe.

✳

Claire ist ohne Vater erwachsen geworden. Ohne Villads. Ihr Haar ist längst nicht mehr hellblond, es ist dunkler geworden. Sie ist einen Kopf größer als Lilli, die sagt, das ist ihr Wikingerblut, ihr Wikingerblut hat Claire so groß werden lassen. Claire studiert an der Hochschule für Gestaltung, im Wikingerblutlabyrinth hat sich also Lillis künstlerisches Talent durchgesetzt. Claire entwirft Bühnenbilder, in ihrem kleinen Offenbacher Zimmer hinter zwei grausam hässlichen Hochhausreihen entwirft sie traumhafte Bühnenbilder. Für Ibsens Nora, Ibsens Hedda Gabler, Ibsens Wildente. Zimmer mit Tapeten, großen Leuchtern, langen Tischen, zerbrechlich wirkenden Stühlen mit hohen Lehnen. Sie hätte nach Berlin, sie hätte nach Paris gehen können, aber sie will sich nicht zu weit von Lilli entfernen. Nein, gesagt hat sie das nie, aber jedes Mal, wenn sie die Tür zum Café öffnet, mit ihren schnellen Claire-Schritten zur Theke geht und ihre Mutter auf die Wangen küsst, denke ich das. Sie will sich nicht zu weit von Lilli entfernen. Claires Radius ist lose, aber klein.

Ich hatte versucht, Villads zu finden. Eine Zeit lang war ich besessen davon. Als müsste ich für Lilli etwas richten und korrigieren, nach dem sie nie gefragt hatte, um das sie nie gebeten hatte, das ihr selbst nie so erschienen war, als müsste es gerichtet oder korrigiert werden. Aber ich glaubte es, jedes Mal, wenn Claire mit uns am Frühstückstisch saß und ich denken musste, sie sieht aus wie ein skandinavisches Mädchen. Ein skandinavisches Mädchen, das nichts von seinem Vater weiß. Eine Zeit lang habe ich Anzeigen formuliert, von einer Norwegerin, die mit mir im Chor singt, übersetzen lassen und in einem Osloer Stadtmagazin aufgegeben. Lieber Villads, wir haben uns vor zehn Jahren auf einer Fähre kennengelernt und eine Nacht gemeinsam verbracht. Ich möchte dich gerne wiedersehen. Vor elf Jahren. Vor zwölf Jahren. Dann habe ich keine Anzeigen mehr geschaltet. Ich habe beim Roten Kreuz angerufen. Aber Claire war kein Kriegsopfer, kein Flüchtling, keine Spätaussiedlerin. Nur ein Mädchen, das auf einer Schiffsreise gezeugt wurde. Ich habe bei der Fährgesellschaft gefragt, ob sie einen Aushang machen könnten, ein Ding der Unmöglichkeit. Ich habe geplant, ohne Lillis Wissen Villads Foto in den skandinavischen Tageszeitungen zu veröffentlichen. Einen Privatdetektiv zu engagieren. Ich habe auf Facebook gepostet, und viele sinnlose, ins Leere laufende Antworten erhalten. Ich habe in Gedanken Briefe formuliert. Lieber Villads. Im Sommer vor dreizehn Jahren hast du Lilli aus Deutschland auf einer Fähre getroffen. Sie ist klein, hat braune Locken und ein Lachen, das einen sofort widerstandslos macht. Ihr habt getrunken, ihr habt die Kabinentür aufgestoßen, ihr wart bis zum Morgengrauen zusammen. Daraus ist Claire entstanden. Claire ist wunderbar. Ja, sie ist ein wunderbares Mädchen. Ein Mädchen, wie man es sich wünscht, wie man es sich erträumt. Möglicherweise hat sie deine blauen Augen. Selbst wenn ich Villads so erreicht hätte, hätte er sich melden wollen?

Und wie sollte das jetzt sein? Mehr als zwanzig Jahre später? Villads ist vielleicht tot. Auch das ist eine Möglichkeit. Seit Clemens nicht mehr da ist, muss ich das immer wieder denken. Vielleicht gibt es auch Villads nicht mehr. Und lebt er, wird er vielleicht Familie haben, Frau und Kinder. An irgendeinem Pünktchen in dieser Welt in jedem Fall ein Leben haben, das er sich eingerichtet hat – ohne Lilli und Claire. Vielleicht hat Villads nie mehr an Lilli gedacht, vielleicht nie von Lilli geträumt, womöglich hat er an Lilli schon keine Erinnerung mehr. Lilli hat oft gesagt, ich solle es gut sein lassen mit Villads, es einfach gut sein lassen mit dieser Norwegen-Fähre, mit dieser Norwegen-Affäre. Sie habe es schließlich auch gut sein lassen. Längst schon. Sie hat gesagt, ständig gehen doch in dieser Welt Menschen verloren, also auch auf einer Fähre nach Norwegen. Aber ich frage weiter in diese Welt hinein, Villads, unter welchem Baum feierst du dein Weihnachten? Unter welchen Schneeflocken singst du deine Lieder? Mit wem? Für wen? Villads ist wieder aufgeflammt und hat sich in meinem Kopf breitgemacht, nachdem es Clemens nicht mehr gab. Clemens kann ich nicht mehr treffen, Clemens kann ich nicht zurückholen. Aber Villads könnte ich doch.

✳

Bill hat alles verloren. An einem dieser Abende, an dem wir nach Ladenschluss die Schuhe ausziehen und die Füße hochlegen, erzählt er es. Das ist Bill für uns: ein Mann, der alles verloren hat. Nur nicht sich selbst, wie er sagt. Mehr, als ich verloren habe. Ich habe meine Kinder, ich habe Lilli, ich habe mein Noch-nicht-Haus, ich habe den Gedanken daran, ich habe all meine vielen Gedanken daran. Bill hat alles schon tausendmal erzählt, er ist müde davon, sagt er, müde vom vielen Erzählen, vom Wasser, vom Wirbelsturm, der sein Haus mitgenommen, seine Bleibe, sein Alles fortgetragen hat. Swept away, sagt Bill, und macht diese Handbewegung, mit seiner großen breiten Hand, als würde er Krümel vom Tisch wischen. Es war ein gutes Leben, sagt er, a decent life. Aber es klingt nicht nur nach decent, aus seinem Mund klingt es nach dem Besten, das die Welt zu vergeben hat, nach dem Besten, das man sich für einen Menschen vorstellen kann. Nicht herausragend, nicht überwältigend, bloß decent. Für mich heißt das übersetzt: gut. Gut ist viel. Gut ist sehr viel. Gut ist vielleicht das Beste.

Bill hat keine Ausbildung, so wie viele in Amerika keine Ausbildung haben, sie fangen nach der Schule einfach an zu arbeiten, an der nächsten Tankstelle, im nächsten Laden, beim nächsten Handwerker, und mit der Zeit werden sie etwas, mit der Zeit lernen und können sie etwas. So hat Bill das Bauen gelernt. Er habe schon viele Häuser gebaut, sagt er uns, er habe Keller ausgehoben, Mauern hochgezogen, Fenster eingesetzt, Böden verlegt. Ich bin ein Allrounder, sagt er. Ich kann alles, alles außer Elektrik. Elektrik brauchen wir nicht, erwidert Lilli, zunächst brauchen wir Mauern, Böden, Fenster. Elektrik kommt später. Viel später.

Als er an diesem Abend aufbricht, sagt er, er fährt am Morgen hinaus nach Kirchzell. Lilli schaut ihm nach und sagt, Bill ist stimmig. Ich weiß nicht, ob es das richtige Wort ist, aber doch, es passt, ja, auch ich würde sagen, Bill ist stimmig. Wenn ich eines zu ihm sagen würde, dann das: Bill, du bist stimmig. Nichts an dir ist unstimmig. Lilli fällt ein Weihnachten ihrer Kindheit ein, als sie ins Haus in der Nordweststadt gezogen waren. Vorher hatten sie in einer kleinen Mietwohnung im Zentrum gewohnt, nah zum Mainufer, seinem Domglockengeläut, seinen Brücken und Spielplätzen, umtost von vier Spuren Stadtverkehr. Nach dem Umzug war es still geworden, Lilli konnte die Stille spüren, sie war neu, sie konnte die Fenster öffnen – und es blieb still. Zu hören waren nur die Vögel am Morgen, am Abend die Stimmen der Nachbarn, ihre Klappergeräusche aus den umliegenden Küchen und Esszimmern. Das erste Weihnachten im neuen Haus – Lillis Mutter hängte Strohsterne an die Fenster, einen Kranz aus Tannenzweigen an die Eingangstür und lud die neuen Nachbarn in den Garten, zündete ein Feuer und schenkte Adventspunsch in hohe Gläser, für die Kinder heißen Orangensaft. Die Nachbarn blieben lange, die Kinder tollten durch den Garten und jagten sich über die Zäune, hielten Ausschau nach Schnee. Nichts Ungewöhnliches, sagt Lilli, aber alles war gut in diesem Jahr, nach Lillis Geschmack ruhig und unspektakulär, aufgeräumt und ohne Gefahr, alles war in diesem einen Jahr, in diesem Advent gut, einfach nur gefahrenlos und gut. Verstehst du?, fragt sie mich, gefahrenlos und gut. Ich frage zurück, meinst du decent? Sie lacht und sagt, ja, genau das meine ich: decent.

✳

Es ist Samstagabend, wir fahren nach Bad Homburg, unser Café ist geschlossen. Wir streunen über den Weihnachtsmarkt, der Himmel fällt in sein dunkelstes Blau, der Mond ist eine scharf gezeichnete Sichel, es ist eisig, wir schlagen die Mantelkragen hoch, ziehen die Schals fest. Bratwurst, geröstete Mandeln, heiße Maronen, Zuckerwatte: Lilli kauft alles, die Kinder brauchen nur auf etwas zu deuten. Eine kleine Lok fährt ihre Runden, wir ziehen an den Buden entlang, Lilli schaut nach Adventsschmuck für unser Fenster, Tannenbäumchen aus rotem Glas, aufgefädelte Kugeln. Alles muss bei Lilli handverlesen sein, niemals würde sie bei Kaufhof in der Weihnachtsabteilung Baumschmuck kaufen, zwanzig Kugeln für fünf Euro – alle made in China, wo man keinen Schimmer von Weihnachten hat, sagt Lilli, nicht den leisesten. Luis und Elsa klagen über kalte Füße, wir gehen ins Café im Schloss, von dem Lilli sagt, es sei unsere einzige ernstzunehmende Konkurrenz. Die Sofaecke ist soeben frei geworden, Decken liegen über den Armlehnen, der Kuchen kommt auf hellem Porzellan, der Tee in einer kleinen bauchigen Kanne. In den Fenstern hängen Sterne aus weißem Papier, so wie Claire sie mit Luis und Elsa schon vor Wochen gebastelt hat: viele Butterbrottüten aneinanderkleben und mit einer Schere ein Muster hineinschneiden – dann aufziehen und staunen.

✳

Der Winter hat den Garten zugedeckt. Die Gehwege sind weiß. Die Stadt ist zwei Töne stiller geworden. Luis ist in den Schnee hinaus, ich sehe ihm vom Küchenfenster aus zu, zwischen unseren Engeln aus Glas, zwischen den bunten Weihnachtskugeln, die ich gestern mit Elsa aufgehängt habe, ich lege meine Hände um meine Tasse Tee und wärme mich daran. In Mütze, dicken Handschuhen, Schneehosen und Schneestiefeln ist Luis hinaus, die er aus dem Schrank genommen und vor sich auf dem Teppich ausgebreitet hatte, um zu prüfen, ob er alles beisammen hatte, um sich alles genau anzuschauen, bevor er es anzog. Er jagt Schneeflocken, ausgelassen springend und singend, wirft sich in den Schnee, rollt auf den Rücken, streckt Arme und Beine aus und bewegt sie wie ein Hampelmann. Später baut er zwei Schneemänner, einen für den Garten, einen für die Terrasse, für dich, sagt er, damit du Gesellschaft hast. Manchmal sausen in Luis diese Dinge hoch, obwohl ich versucht habe, sie niederzuhalten, alles daran gesetzt habe, um solche Sätze niederzuhalten. Aber sein Jungenherz hält sie nicht nieder, sein Jungenherz spricht sie dann und wann aus, also sagt Luis, damit du Gesellschaft hast, als bräuchte ich das: Gesellschaft. Aber Luis scheint zu denken, seine Mutter ist eine, die Gesellschaft braucht, jetzt, da sie mit einer Tasse Tee am Fenster steht, sieht sie aus, als bräuchte sie unbedingt Gesellschaft, und ein Schneemann kann das gut, ein Schneemann ist geeignet, ein Schneemann kann gut Gesellschaft leisten, ja, wer sonst, wenn nicht dieser Schneemann. Zwei Steine nimmt Luis für die Augen, kleine Zweige als Finger für die Schneemannhände. Er dreht sich zu mir und fragt, wie lange bleibt der Schnee, wann nimmt die Sonne ihn mit?

Als Clemens nicht mehr da war, hatte ich angefangen, eine Miniliste zu führen. Für jeden Tag zwei Sätze. Fast ein bisschen zwanghaft. Eine Tagesbilanz, zusammengefasst in zwei Sätzen. Ich dachte, es könnte helfen. Mein Leben in Listen. Mein Leben in Gut und Böse. Mein Ich in Plus und Minus. Mein Ich in Soll und Haben. In Schwarz und Weiß. In Dunkel und Hell. Was war heute gut, was war schlimm? Was war so schlimm, dass es mir die Kehle zugeschnürt, die Luft zum Atmen genommen hat? Was war so gut, dass es mich leicht gemacht hat, fast schwerelos, mit diesem kurz aufflackernden Jauchzen in der Brust, das nur ich höre und spüre? Am Anfang hatte ich nichts für das Plus gefunden. Ich hatte nichts, was ich unter Plus hätte aufschreiben können. Es hatte gedauert, bis ich etwas gefunden, bis ich etwas gesehen hatte und es auch aufschreiben konnte, gegen den Widerwillen in mir, den Unmut zuzugeben, ja, es gibt etwas Gutes. Es gibt trotz allem etwas, das in die Plus-Liste gehört. Es war Luis' Haar, sein Duft, wenn er abends im Bett lag und kurz vor dem Einschlafen sein Stofftier losließ, es war Elsas Art zu gehen und zu stehen, im Türrahmen zu lehnen, der Kopf zur Seite gelegt, ein Fuß auf dem anderen, so wie ihr Vater. Die kleinen Zeichen waren es, die winzigen Untertöne, die meinen Tag zusammenhielten und mich irgendwann etwas unter Plus eintragen ließen. Heute werde ich unter Gut eintragen: Luis ist im Schneeanzug hinaus und hat im Garten gespielt, als sei er nicht zehn, sondern erst drei Jahre alt.

∗

Der Himmel ist klar. Ich stehe auf der Terrasse. Die Kinder schlafen. Ich schaue hoch, der Große Wagen ist gut sichtbar. Ich habe keine Vorstellung vom Himmel. Und doch stelle ich mir Clemens immer irgendwo dort oben vor. Es ist albern, ich weiß. Es ist so albern, dass ich nicht einmal Lilli davon erzähle. Ihr nicht sage, du, Lilli, ich stelle mir Clemens irgendwo dort oben zwischen zwei Wolken, zwischen drei Sternen vor. In solchen klaren Nächten wie heute besonders. Als würde Clemens dafür sorgen, dass die

95

Sterne gut sichtbar sind. Als würde er ein Zeichen zu mir herabschicken. Etwas wie, schau her, auf diese Weise bin ich noch da, auf diese Weise bin ich noch bei dir.

Ich kann nicht mit Clemens reden. Ich dachte immer, das tun Menschen, wenn sie jemanden verloren haben. Sie stehen an Grabsteinen und reden, sie stehen an Waldrändern und reden, sie stehen unter einem Sternenhimmel und reden. Aber ich rede nicht. Seit Clemens nicht mehr da ist, habe ich nicht mit ihm gesprochen. Vielleicht würde es helfen, vielleicht wäre es gut, mit Clemens zu reden, aber es geht nicht, ich kriege es nicht hin, ich kriege kein Wort über die Lippen, das an Clemens gerichtet sein könnte. Ich wüsste gar nicht, wie ich beginnen sollte. Clemens, das Leben ist so kahl geworden ohne dich. Clemens, was stellst du an ohne uns? Kennst du uns noch, siehst du uns, bist du noch bei uns? Lilli hat immer gesagt, leg dich in den Garten und schau hoch in den Himmel, Clemens wird etwas für dich darin aufhängen. Ich mag diese Vorstellung nicht, ich mag auch diese Art von Trost nicht, aber das habe ich Lilli nie gesagt. Ich mag die Vorstellung nicht, Clemens ist weit entfernt von mir, in irgendeinem All, in irgendeiner halben oder ganzen Ewigkeit, die nicht für uns zwei gedacht ist. Was macht er dort ohne mich? Kennt er mich noch? Kennt er unsere Kinder noch? Hat er eine Erinnerung an uns? Teilt er sie mit jemandem? Gibt es dort jemanden, mit dem er sie teilen kann? Oder spielen wir keine Rolle mehr? Spielen wir, die Kinder und ich, jetzt keine Rolle mehr für ihn? Ich stehe hier, Clemens, denke ich, ich schaue hoch zu dir und denke an dich. Ich fahre mit meinem Blick die Milchstraße nach dir ab, ich suche dich.

*

Vor Jahren hatte Lillis Mutter einmal über Weihnachten und Neujahr ein Chalet in der Schweiz gemietet. In einem edlen Reisebüro im Westend hatte man ihr die Reise verkauft, die Zahlung war fällig, eine Reiserücktrittsversicherung hatte sie nicht abgeschlossen, das Haus wurde bezahlt, aber nicht bezogen, weil Lillis Vater sich weigerte. Einen Kredit nahm er für diese Reise auf, danach sperrte oder kündigte er all seine Karten und zahlte nur noch in bar. Es war die letzte größere Ausgabe von Lillis Mutter, das letzte Mal, dass sie eine EC- oder Kreditkarte genommen und auf einen Tisch gelegt hatte, um damit etwas zu bezahlen, das weit über ihren Möglichkeiten lag und das niemand brauchte oder wollte.

Lilli und ich fuhren, wir besorgten Schneekleidung und Skiausrüstung von Freunden, packten Claire auf den Rücksitz und luden den Kofferraum voll mit Lebensmitteln, Bierdosen, Weinflaschen, so viel, als würden wir ewig bleiben. Verschwenderischer und eleganter war ich nie untergebracht gewesen, davor nicht und danach nie mehr, Lilli auch nicht. Das Chalet lag an einem Hang, den man zum Skilift nur hinabgleiten musste, Claire hatte ein Zimmer, in dem sie schlief, ein Zimmer, in dem sie spielte, und ein Bad für sich allein. Wir liefen die ganze Zeit barfuß über die Fußbodenheizung, staunten über die Glasfront und den Schnee davor, der vollendet geschwungen die Landschaft bedeckte, ein Ausblick wie gemalt, wie erfunden und zurechtgelegt. Der Gedanke war verrückt und quälend, Lillis Vater hatte einen Kredit dafür aufnehmen müssen, es fiel mir nicht leicht, mich wohlzufühlen, alles fiel mir in diesem Haus zunächst schwer, das Wasser aufzudrehen, den Kühlschrank zu öffnen, mich ins Bett mit den vielen Kissen zu legen, obwohl Lilli ständig sagte, bezahlt ist es doch, es wäre viel verrückter und dümmer, es nicht zu nutzen.

Mittags saßen wir auf dem Balkon in der Sonne, breiteten rote Decken mit einem weißen Kreuz über unsere Beine aus, ein Gemisch aus Wolle und Kaschmir, tranken unser Bier und schauten Claire zu, wenn sie in ihrem viel zu großen grünen Schneeanzug, in dem sie versank, vor dem Chalet Schneemänner baute und sagte, sie wolle zurück auf die Piste, sie wolle noch einmal mit uns diese Hänge hinabjagen. Abends spazierten wir durch den Ort, schauten in die Auslagen und Restaurants, die wir nicht betraten, Geld hatten wir ja keines, wir hatten im Haus unsere Ravioli und Bierdosen, taten aber bei allem, als seien wir reich, als lebten wir immer so, als gehörte uns das Chalet, als gehörten uns die Schweizer Berge, als gehörte uns dieser sternenüberladene, lichtüberbordende Nachthimmel über den mattweißen Bergspitzen. Silvester tranken wir Sekt, schauten auf das kleine Feuerwerk im Tal und mussten laut lachen, Lilli fing an, laut zu lachen, und konnte nicht aufhören, ich fing an, laut zu lachen, und konnte nicht aufhören, weil alles zu verrückt war, wir auf dem Balkon dieses übertriebenen Schweizer Chalets mit den vielen Zimmern, gemietet wegen der Launen einer Krankheit, bezahlt mit Schulden, mit Krediten. Als Claire eingeschlafen war, stiegen wir die breite Holztreppe hinab, zogen die Schneeschuhe an, nahmen die Skistöcke, stapften durch den hohen funkelnden Schnee und gossen eine Flasche billigen Rotwein ins Weiß. Lilli malte einen Pfeil aus Rotwein in den Schnee und sagte, frohes neues Jahr uns dreien, frohes, glückliches, gesundes neues Jahr.

*

Wie laut die Krähen im Garten sind, sie müssen sich streiten. Ich sitze beim Tee und denke an die guten Gesichter in meinem Leben. Heute Nacht im Traum hat mir jemand diese Frage gestellt: Welche sind die guten Gesichter in deinem Leben? Lilli ist das gute Gesicht in meinem Leben. Das kann ich schnell beantworten. Meine Kinder sind die guten Gesichter in meinem Leben. Eddie und Katja sind die guten Gesichter in meinem Leben. Die guten Gesichter sind da, es gibt sie unverändert, auch wenn gerade im Advent die Dinge schlimmer werden, von Jahr zu Jahr schlimmer, nicht besser. Meine Kopfdinge, meine unauflöslichen Kopfdinge, Herzensdinge. Lillis Mutter. Villads. Clemens. Aber im Moment geht es. Zum ersten Mal seit langem habe ich das Gefühl, es geht.

*

Bill leiht sich das Auto und fährt nach Kirchzell. Mit Hallstein und Brenner hat er schon Bier getrunken. Sie reden mit Händen und Füßen, ein bisschen Englisch, ein paar Brocken Deutsch. Wenn er zurückkommt, macht Bill dieses Grimassengesicht: Ich weiß etwas, aber sage euch nichts davon. Bill kann hier nicht arbeiten, hat Lillis Vater gesagt, er hat keine Arbeitserlaubnis, keinerlei Papiere. Ja, dann arbeitet er eben ohne, hat Lilli erwidert. In all den vergangenen Jahren dachte ich, es müsse so etwas wie einen Ausgleich für mich geben, eine Belohnung, eine Entschädigung, so etwas wie einen Geldsegen oder ein unerwartetes Geschenk, eine Fügung, die mich belohnt, entlohnt für alles. Bill könnte so etwas sein,

Bill könnte mein unerwartetes Geschenk sein, dieser Mann mit den Trevirahosen und den karierten Pullis könnte diese eine Fügung sein, die mich entschädigt und belohnt. Am Abend frage ich Lilli, könnte es sein, dass Bill zu uns geschickt wurde? Und Lilli setzt die Teller ab, dreht sich zu mir und sagt, ja, möglicherweise gibt es das: Jemand wird jemandem geschickt.

✳

Am Morgen liest Lilli Zeitung, bevor wir öffnen, liest sie schnell die Zeitung und trinkt ihren Kaffee, die Lieferanten waren schon da, Konditor, Bäcker und Gemüsehändler, in der Küche ist alles bereitet, das Obst ist geschnitten, die Behälter für Zucker, Mehl und Müsli sind aufgefüllt, die Brötchen liegen in den Körben. Es ist dieser winzige Moment der Stille, bevor der Tag für uns beginnt, bevor er mit seinem Lärm einzieht, jeden Morgen ist er gleich. Ich habe mir abgewöhnt, Lilli anzusprechen und abzulenken, ich habe begriffen, es ist ihre kleine Pause, ihre winzige Alltagsentfernung, bevor sie mit ihrer Arbeit beginnt, vielleicht ist es auch mehr, vielleicht ist es etwas darüber hinaus, vielleicht will sie sich so in Gedanken mit der ganzen Welt verbinden, vielleicht geht es ihr darum, wenn sie zuerst die große Welt im Politikteil liest, dann die kleine im Regionalteil. Sie faltet die Zeitung zusammen, schaut zu mir hoch und sagt, die Welt ist verrückt, meine Liebe, unverändert verrückt, nicht einmal im Advent kann sie aufhören, verrückt zu sein. Dann steht sie auf, bindet sich die Schürze um, öffnet die Tür und lässt unseren ersten Gast herein.

*

Lilli hat vieles in ihrem Leben selbst gerettet, sie hatte niemanden, der das für sie getan hätte. Weihnachten zum Beispiel hat sie für sich selbst gerettet. Es ist ihr gelungen, obwohl sie keine guten Erinnerungen an die Weihnachtsfeste ihrer Kindheit und Jugend hat. Ihre Mutter hatte es selten geschafft, das Fest ohne Zwischenfälle hinter sich zu bringen, auf Weihnachten bewegte Lilli sich zu wie auf eine unentrinnbare gigantische Welle, entweder riss ihre Mutter sie mit und überließ Lilli im Wasserstrudel sich selbst oder sie tanzte so wild mit auf der Welle, dass Lilli sofort außer Atem war. Schon eine Winzigkeit konnte das Ende bedeuten, eine Winzigkeit wie: das Geschenkpapier war ausgegangen, sie hatten den letzten Bogen verbraucht, eine Winzigkeit wie: es fehlten die Gewürznelken, beim Einkauf hatte sie Gewürznelken vergessen.

Weihnachten hieß für Lilli überleben. Überleben und noch einmal davonkommen. Noch einmal heil davonkommen. Am Dreiundzwanzigsten hoffte sie aufs Überleben, am Dreiundzwanzigsten betete sie schon fürs Überleben, bat das Christkind, den Herrgott, die heilige Familie, den Heiland, sie überleben zu lassen, sie noch dieses eine Weihnachten überleben zu lassen. Mit den Jahren waren Lilli die depressiven Phasen ihrer Mutter lieber geworden als die manischen, die manischen machten ihr Angst, die manischen reichten bis in Lillis Traum, streckten die Hände nach Lillis Schlaf aus, die manischen waren unberechenbar. Die schwarzen Phasen hingegen waren einfach nur Zeiten ohne Wort, Tage ohne Mimik, schwarze, farblose Tage, einfach still. Fast unerträglich still zwar, aber nicht unerträglich laut. Nicht übertrieben, unglaubwürdig und beleidigend laut, nicht kreischend laut. Das war weniger anstrengend, es war leichter zum Aushalten. Und aushalten musste Lilli einiges. Bis ihr Vater einsah, um was es hier ging, dauerte es Jahre. Jahre, in denen Lilli heranwuchs. Jahre, in denen sie erwachsen wurde, an stillen und an lauten Tagen, im Stillen und im Lauten.

*

Was machst du eigentlich um drei Uhr?, hat mich Lilli am Morgen gefragt, als hätte sie schon seit Stunden gewartet, um diese Frage endlich loszuwerden, als hätte sie die ganze Nacht darüber nachgedacht und diese Frage für mich formuliert. Ja, um drei Uhr? Nachmittags um drei? Jeden Tag um drei?, hat sie nachgehakt, weil ich nicht sofort geantwortet habe. Ja, was werde ich schon tun, ich weiß es nicht, wahrscheinlich arbeiten, habe ich geantwortet. Kisten auspacken, Regale einräumen, Bestellungen aufgeben, Tische abwischen, Kaffeebohnen nachfüllen, in den Hinterhof gehen, Kartonagen stapeln, Ordnung machen. Ja, denk mal nach, hat Lilli gesagt, was du jeden Tag um drei Uhr machst. Also denke ich jetzt nach. Meistens versäume ich den Zeitpunkt. Wenn ich zur Uhr schaue, ist es meist später als drei. Fünfzehn Uhr achtunddreißig. Sechzehn Uhr fünf. Aber jetzt will ich mir vornehmen, darauf zu achten. Als Lilli den Vorschlag am Morgen gemacht hat, habe ich zwar erwidert, du spinnst, als hätten wir vor Weihnachten, ausgerechnet vor Weihnachten, nichts anderes zu tun, als um drei Uhr innezuhalten und zu sehen, was wir gerade tun und denken. Sprechen wir mit jemandem? Sind wir allein? Läuten die Domglocken? Die Glocken von Sankt Bernhard? Oder ist es nur die Straßenbahn, die wir hören, wenn sie von rechts nach links durchs Fenster fährt? Lilli hat gesagt, das wäre doch ein Anfang. Wir sollten uns vornehmen, auf Dinge zu achten, Dinge jeder Art, auf Zeiten zum Beispiel, auf eine bestimmte Tageszeit. Also nehme ich es mir vor, vielleicht fürs neue Jahr: einmal am Tag aufzuwachen aus meinem Arbeitsmodus, meinem Arbeitsdämmermodus. Drei ist eine Zeit so mittendrin. Der Tag hat längst schon begonnen und hört noch lange nicht auf.

*

Ich habe wenig von Clemens' Dingen aufgehoben. Die Dinge des täglichen Bedarfs habe ich schnell weggeworfen. Ich weiß nicht mehr, wie ich das über mich gebracht habe, es geschah aus einer Art Selbstschutz heraus, es war ein lieber jetzt schnell als später. Seinen Nassrasierer habe ich weggeworfen, seinen Rasierpinsel, seinen Kamm. Es hat nicht so viel Kraft gekostet, wie ich gedacht hatte, dass es mich Kraft kosten würde. Eine Weile glaubte ich, ich hebe seine Kleider auf, vielleicht will Luis sie eines Tages tragen, Clemens' Pullover und Jacken vielleicht. An diesem Gedanken hatte ich mich eine Zeit lang festgehalten, ich hatte mir vorgestellt, wie Luis eines Tages, wenn er ausgewachsen sein und ungefähr Clemens' Statur erreicht haben würde, wie er dann in den Pullovern seines Vaters an unserem Tisch sitzen und in den Jacken seines Vaters die Straße hinabgehen würde. Es war ein dummer Gedanke, ein gnadenlos dummer Gedanke, mein Kind in Clemens zu sehen, Clemens in meinem Kind weiterleben zu lassen. Clemens in seiner Jacke, in seinem Pullover weiterleben zu lassen. Ein vollkommen dummer und nutzloser Ge-

105

danke. Als könnte mir das gefallen und als könnte ausgerechnet Luis eines Tages Gefallen daran finden, in den alten Kleidern seines Vaters umherzugehen, seiner Cordjacke, seinem kurzen Ledermantel. Allein sie überzustreifen, würde doch wehtun. Luis in Clemens' Kleidern anzusehen, zu prüfen, ob sie ihm passen, ob sie ihm zu groß, zu klein sind – das würde doch wehtun.

✶

Gestern habe ich Bill zum ersten Mal in unserem Haus gesehen. Gesehen, wie er seinen Plastikstrauß auf einen Kasten Wasser legt und am großen Fenster zu arbeiten beginnt. Er hatte Brenner schon früh am Morgen zur Baustelle gebeten, ihm Anweisungen gegeben, und als ich sie so gesehen habe, war mir der Gedanke gekommen, das ist jetzt Bills Haus. Eigentlich ist das jetzt Bills Haus, sein zweites Haus, das er sich baut, das von nichts weggeschwemmt werden wird, von keiner Flut, keinem Windstoß, keinem Wirbelsturm. Ich habe zu Bill gesagt, lass uns hinausgehen und von den Obstbäumen aus aufs Haus schauen. Also haben wir unter den kahlen Zweigen gestanden, an denen der Wind zerrte, und Bill hat gesagt, ich mag dein Haus, I like your little house. Ich wollte erwidern, du hast hier immer einen Platz, Bill, aber etwas hielt mich zurück, es zu sagen, etwas in mir raunte, lass es bleiben, es klingt zu groß, es klingt nach viel zu viel, sag es ihm anders, sag es ihm an einem anderen Tag, mach es nicht zu groß für euch. Hör auf, diese großen Dinge zu sagen, diese viel zu großen Dinge zu denken und zu sagen.

*

Clemens' Mutter und mich hält eine sonderbare Angst zusammen. Eine diffuse Angst, seit Clemens nicht mehr da ist. Sie ist zu uns gekrochen und hat sich in unseren Zimmern breitgemacht, die Angst, das Unverhoffte kann jederzeit ins Leben einbrechen, nur um unser Leben auseinanderzureißen, es umzustülpen – aus keinem anderen Grund. Ihm Boden und Grundlage zu nehmen, es zunichtezumachen. Plötzlicher Herztod: Das ist der plötzliche Tod des Herzens. Auch alle anderen Beteiligten sterben diesen Tod – Mutter, Bruder, Frau, Kinder.

Die Nachbarn im zweiten Stock hatten Clemens vom Fenster aus gesehen. Sie hatten ihn im Garten umfallen sehen, zwischen Efeuranken und verdörrtem Kirschbaum. An einem Julimorgen, zwei Tage bevor wir hatten nach Süden fahren wollen. Als ich in der Stadt war, um Zeckenspray, Mückenspray und Sonnenmilch zu kaufen. Ich kam zurück, und Clemens war weg. Aus meinem, aus unserem Leben verschwunden. Abgezogen, abgetrennt. Die Nachbarn hatten den Krankenwagen gerufen, ich war später ins Krankenhaus geeilt und konnte nur noch ein Wort mit nach Hause nehmen: tot. Ich hatte unser Ferienhaus storniert, südlich von Livorno, wo man das Schiff nach Capraia nehmen kann, um zu staunen, was das Mittelmeer alles mit seinem türkisfarbenen Wasser umschlingt. Ich hatte der Signora am Telefon gesagt, il mio marito é morto. Si, morto. Si, ieri. Ja, gestorben. Ja, gestern. Lilli hatte das übernehmen wollen. Sie hatte gesagt, sie ruft die Signora an und sagt ihr, was geschehen ist. Aber aus irgendeinem verrückten Grund wollte ich das selbst tun. Ich weiß bis heute nicht warum. Komischerweise war es nicht so schwer. Nicht so schwer wie alles andere in diesen Tagen. Es war nur ein Anruf, der nicht mehr als drei Minuten dauerte. Ich sagte, wir können nicht kommen, sie drückte ihr Beileid aus, le mie più sincere condoglianze, Signora Muhlenbaum, denn Mühlenbaum konnte sie nie sagen, und dann legte ich auf. Nein, es war nicht schwer.

Schwer war alles andere. Das Aufstehen am Morgen. Ich wusste nicht mehr, wie es ging, wie ich es anstellen, wie ich auf meinen Wecker schlagen und aus dem Bett steigen sollte. Das Einschlafen am Abend. Obwohl ich müde war, von einer Müdigkeit befallen, die ich so noch nicht gekannt hatte. Verrückterweise war auch das Einkaufen schwer, es fiel mir sogar am schwersten, das würde doch niemand denken, dass mir ausgerechnet das Einkaufen schwerfallen würde. Vielleicht, weil ich den vierten Teil plötzlich weglassen musste. Was Clemens gemocht hatte, was ich immer nur für Clemens gekauft hatte, Pampelmusen, Granatapfel, Mailänder Salami.

In diesem Ferienhaus bei Livorno wären wir zum dritten Mal gewesen. Ich hatte davon geträumt, wir würden nun jeden Sommer dort verbringen. Von der Küste wenige Kilometer landeinwärts, hinter einem Hain mit Zitronenbäumen. Seither bin ich nie mehr dorthin gefahren. Aber es gibt Fotos von uns in diesem Haus, neulich sind sie mir in die Hände gefallen. Clemens und Luis auf der Terrasse, vor ihnen eine große Schale, gefüllt mit Zitronen. Clemens und Elsa auf Liegestühlen, ihre Gesichter verdeckt von einem Bilderbuch, in dem sie lesen, Clemens' nackte Füße im Gras. Clemens auf allen Bildern leicht und jung, auf eine Art glücklich und erholt wie selten.

*

Ich fahre Mittwoch zum Haus. Schon als ich in den schmalen Feldweg einbiege, sehe ich: Das Dach ist gedeckt. Es hat keine Öffnung mehr, es ist geschlossen. Es sieht aus wie eine Wunde, die genäht wurde, die sauber, sehr sauber vernäht wurde. Die Böden bleiben also ab sofort trocken, das große Zimmer bleibt also ab sofort trocken. Ich steige aus dem Auto, gehe die wenigen Schritte unter Obstbäumen, von den Planen tropft es, Pfützen umringen das Haus. Mein Haus, unser Haus, Lillis und mein Haus. Ich habe Bill neulich gefragt, was eigentlich sein Beruf ist. Ob er einen Beruf gelernt hat. Er hat mit den Achseln gezuckt und gesagt, in Amerika lernen wir keine Berufe, wir können etwas, und dann fangen wir an zu arbeiten, we just start doing it, hat er gesagt und sein Bill-Lachen auf mich geworfen. Ja, start doing, einfach anfangen, etwas zu tun, das hört sich nach Bill an, das hört sich nach Bill und auch nach Lilli an, einfach anfangen, Dinge zu tun. Anscheinend etwas, zu dem mein Verstand nicht taugt, zu dem mein Kopf nicht ausgelegt oder angelegt ist, aufzustehen und einfach mit etwas anzufangen.

✳

Ich habe vieles gestrichen, das früher mit Weihnachten zu tun hatte. Früher habe ich Stevie Wonders *Someday at Christmas* am ersten Advent aufgelegt und bis zum sechsundzwanzigsten Dezember immer wieder gehört, Clemens und ich hatten mitgegrölt und getanzt. Heute will ich es nicht mehr hören, es geht nicht mehr. Auch das Schlittschuhlaufen hatte ich gestrichen. Heute aber war ich mit den Kindern zum ersten Mal wieder auf der Eisbahn, Elsa hat es so drängend eingefordert, dass ich keine Wahl hatte, keine Ausrede mehr. Es ist mir nicht schwergefallen, es ging geradezu leicht, die dicken Strümpfe überzuziehen, es ging leicht, die Kufenschoner abzunehmen, es ging leicht, die Schlittschuhe anzuziehen, es ging leicht, aufs Eis zu steigen, es ging leicht, meine Runden zu drehen, die Arme auszubreiten und zu laufen. Ich habe den Anblick der Kinder genossen. Ich habe es genossen, in ihre frischen, rotwangigen Gesichter zu sehen, ihren Schritten und Drehungen zu folgen, der Unerschrockenheit, mit der sie laufen. Clemens war ein guter Schlittschuhläufer gewesen. Deshalb hat es so lange gedauert, bis ich wieder aufs Eis bin. Heute konnte ich die Eisbahn verlassen und einfach nur denken, Clemens war ein guter Schlittschuhläufer gewesen – nicht mehr.

*

Bill scheint die Gabe zu haben, mit Vögeln zu reden. Es klingt verrückt, als würde ich mir das ausdenken, aber Lilli und Claire ist es auch schon aufgefallen. Claire sagt, schaut mal, unser Franz von Assisi, wenn Bill unter den Stadtbäumen steht, unter dem winterkahlen Ahorn, der nackten Akazie, der blanken Kastanie, und spricht. Erst dachten wir, er redet vor sich hin, mit sich selbst, so wie es in der Stadt viele tun, weil es ihnen nicht auffällt oder nichts ausmacht, wenn es anderen auffällt, aber dann hörten wir, wie

Bill tatsächlich zu den Vögeln gesprochen hat, die sich nicht in den Süden aufgemacht haben, die nicht davongezogen sind, um anderswo zu überwintern, die hierbleiben, weil sie kein anderes Ziel haben, weil dieser Stadtwinter auch ihr Winter ist. Ich weiß nicht, was er sagt zu ihnen, nur wie er anfängt, weiß ich, ich habe gehört, wie er sagt, hello my friends, birds of the singing kind. Es klingt ein bisschen nach Gebet, nach einem Shakespeare-Zitat, nach etwas, das Macbeth sagen könnte, Romeo oder Hamlet, hello my friends, birds of the singing kind, das aber Bill sagt, mit seiner Mischung aus Schwere und Leichtigkeit, aus Mut und Verzagtheit, die in seiner tiefen, brüchigen Stimme liegt, was kaum möglich ist, aber Bill gelingt es, genau diese Mischung gelingt ihm, man könnte sogar sagen, es ist die Bill-Mischung, dies ist die typische Bill-Mischung.

Wenn er hinter Kirchzell beim Haus ist, geht er jedes Mal die kurze Strecke zum Wald, steht unter den Bäumen, schaut hoch und hält Ausschau nach Vögeln. Brenner und Hallstein fanden das erst sonderbar, auch dass Bill nicht friert, selbst wenn es regnet, wenn Schnee fällt, wenn der Wind an ihm zerrt, einfach nicht friert. Er stellt den Kragen nicht hoch, er kennt keine Temperaturen, kein Wetter, keine Minusgrade, keinen Winterwind, keinen Temperatursturz, nicht die Wortkombination: unter null. Er merkt nicht, wenn seine Kleider durchweicht sind, wenn sein spärliches Haar nass wird, wenn seine Kapuze, seine Stiefel, seine Handschuhe feucht werden. Man muss es ihm sagen, Lilli oder ich sagen dann, Bill, schau dich an, du bist ja ganz nass, zieh deine Jacke aus, du wirst sonst krank, Bill, du kannst nicht in diesem Pulli bleiben, nicht in diesen Schuhen, streif sie sofort ab.

Was er wohl mit den Vögeln redet?, frage ich mich, aber Bill frage ich nie danach, etwas verbietet es mir, etwas gibt mir vor, mich zurückzuhalten und es unausgesprochen zu lassen, also lasse ich sie in Ruhe, ich lasse sie ungestört, Bill und seine Vögel, seine birds of the singing kind. Glaubst du, Bill ist verrückt?, hat Lilli mich gefragt. Ich habe nichts erwidert, also hat Lilli sich selbst geantwortet, ja, natürlich ist er verrückt, aber auf nette Art. Sie hat recht: Bill ist verrückt, aber auf nette Art. Für mich ist Bill vor allem der Mann mit der Weihnachtsbotschaft. Bill ist mein Weihnachtsbote. Der für mich gekommen ist, der zu mir gekommen ist, um mir etwas zu sagen. Um mir diese Nachricht zu bringen: Sei fähig, nicht zu hadern. Versuch, mit dem Hadern aufzuhören. Es ist Zeit. Die Zeit ist da, es hinter dir zu lassen.

*

Eddie ist mittags gekommen. Er hat das Auto auf der anderen Straßenseite abgestellt, die Straßenbahngleise überquert und durchs große Fenster geschaut, die Nase ans Glas gepresst und gewinkt, als er mich erblickte. Seit es Clemens nicht mehr gibt, setzt er sich manchmal ins Auto und fährt zu mir. Ich weiß dann, es ist ein grauer clemensloser Tag in Eddies Kalender, und er kann ihn nur ertragen, indem er sich ins Auto setzt und zu uns in die Stadt fährt, Landstraße, Autobahn, wieder Landstraße, dann über die Schienen geht, vorbei am Fahrradständer, durchs große Fenster schaut, die Tür zum Café öffnet und zwei Tassen von Lillis Probiertee trinkt, mindestens zwei. Ein bisschen verschwindet von diesem Trübsinn, von dieser dunklen Note, diesem Mollakkord, ein bisschen löst sich auf von dieser Wintermelodie, diesem Dezemberlied, einmal hat Eddie gesagt, beim Teetrinken mit euch lässt sich vieles vertreiben. Er sitzt nie lange still, er fragt, was es zu tun gibt, was er tun kann, und antworten wir, nichts, Eddie, es gibt für dich hier gar nichts zu tun außer Tee trinken, steht er trotzdem auf und fängt hinter der Theke an zu räumen, wechselt Glühbirnen und Batterien, geht in die Küche und sieht sofort, was zu tun ist, schneidet Obst für den Obstsalat, räumt das Geschirr aus der Spülmaschine in die Regale, packt Getränke aus und stellt sie hinter Glas in den Kühlschrank.

Am Abend sitzen wir auf meinem Sofa und schauen zum Fenster hinaus, auf die Lichter der Straßenlaternen und Häuserreihen, Eddie muss mir nicht sagen, dass seine Clemens-Sehnsucht am Morgen ins Unerträgliche gewachsen ist, ich weiß es, sobald er auftaucht und seine Nase ans Glas presst, ohne sich vorher angekündigt zu haben, weiß ich, Eddies Bruder-Sehnsucht ist heute, an diesem überraschend hellen Dezembertag, ins Unerträgliche gewachsen, und er muss sie kleinkriegen und loswerden. Es hilft ihm, Lilli und mich anzuschauen. Es hilft ihm, später Luis und Elsa anzuschauen. Ihnen zuzusehen, wie sie in ihren Schlaf gleiten, zu ihrem Traum hinübergehen und in die Nacht fallen. Sicher und warm eingepackt unter ihren Decken. Ja, es hilft ihm. Das sagt nicht Eddie, weil Eddie nie solche Dinge sagen würde, aber Katja sagt es mir irgendwann später. Wenn ich sie das nächste Mal spreche, sagt sie, Eddies Clemens-Sehnsucht wäre zum Platzen, zum Sprengen, zum Explodieren groß gewesen, aber Luis und Elsa hätten sie schrumpfen lassen. Luis und Elsa gelingt es mühelos, sie müssen nur da sein, sie müssen nur am Tisch sitzen, ihre Fragen stellen, ihre Sätze sagen, ihre bunten Bilder malen und später ruhig einschlafen, während Eddie auf einem Stuhl vor ihren Betten sitzt, das Buch beiseitelegt, aus dem er vorgelesen hat, und zuschaut, wenn sich ihre Lider senken, ihr Atem beruhigt, wenn sich ihre Schultern tiefer ins Kissen graben und sie zu träumen beginnen.

Eddie erzählt von Clemens. Manchmal fängt er plötzlich an, Dinge von Clemens zu erzählen, ohne

Einleitung, ohne Überleitung, ohne Aufforderung, Dinge aus ihrer Kindheit, aus den Jahren, in denen sie ein Spielzimmer mit Carrera-Bahn und Dartscheibe unter dem Dach teilten und einen Hobbykeller mit Tischtennisplatte. Obwohl ich nie sage, Eddie, erzähl mir bitte von Clemens, erzähl mir Dinge, von denen ich nichts weiß, von denen ich noch nie gehört habe, die mir Clemens nicht mehr erzählen konnte, weil wir keine Zeit mehr hatten, weil unsere Zeit schon beendet war, erzähl du sie mir bitte. Eddie erzählt, wie sie als Kinder Schlittschuh gelaufen sind, wenn der Dorfweiher zufror und die Enten am Ufer standen. Wie sie ihre Schlittschuhe nahmen, die Schals umbanden und mit den anderen Dorfkindern aufs Eis sind, sich zum Dorfweiher hinabschubsten, unter Linden und Kastanien, die in ihrem Eismantel, ihrem Wintergewand standen. Eddie sagt, er erinnert sich so gut an Clemens' Art, sich zu bewegen, zu rennen, zu springen, ja, und eben auch Schlittschuh zu laufen. Clemens war kein großer Sportler, vielleicht sogar etwas ungelenk, ein Jahr jünger, aber immer mindestens einen halben Kopf größer als Eddie, ihm fehlte die Aufmerksamkeit, die Konzentration, mit den Gedanken war er woanders, nie bei einem Ball oder einem Schläger. Aber auf dem Eis konnte sich Clemens sicher bewegen, verrückterweise ausgerechnet auf dem Eis, wo es für die meisten erst schwierig wird, gewann Clemens an Eleganz, an Leichtigkeit, sogar an Tempo, er streifte am Ufer die Jacke ab, stieg aufs Eis und zog los, ließ den Schal flattern, breitete die Arme aus und setzte nach wenigen Runden an zu einem Sprung, drehte sich, wich den anderen aus und lief rückwärts weiter. Eddie sagt, Clemens war auf dem Eis zu Hause, ja, das kann man ruhig so sagen, als Junge war Clemens auf dem Eis zu Hause.

Ich habe Eddie verboten, heute noch zurückzufahren, nach zwei Gläsern Wein überhaupt noch zu fahren. Seit es Clemens nicht mehr gibt, bin ich streng mit diesen Dingen, sehr streng, ich dulde keine Gefahren mehr, ich verbiete sie. Ich klappe das Gästesofa aus und beziehe Decke und Kissen, rotweiß karierte Wäsche mit einem springenden Hirsch in einer Ecke, Adventswäsche, Weihnachtswäsche aus teurem Bio-Leinen, gekauft von Lillis Mutter, eine der vielen Garnituren saisonaler Bettwäsche, die nicht mehr umzutauschen war. Ich stelle den Wecker, Eddie muss früh raus, er muss vor dem Stau fahren, er muss fahren, bevor sich die ganze Welt in Bewegung setzt. Ich öffne noch eine Flasche Spätburgunder und lege die Füße auf einen Stuhl. Ich denke, so, Eddie, dann lass uns mal trinken. Lass uns diese ganze Flasche Spätburgunder gemeinsam leeren, lass uns gegen diese blöde unverwüstliche Clemens-Sehnsucht antrinken.

✳

Eddie hatte Clemens am Waldrand beisetzen wollen, ja, beisetzen hat er es genannt, was ich komisch fand, was ich schon immer komisch fand, auch bevor das mit uns geschah, weil es klingt, als würde jemand irgendwo hingesetzt, zu anderen dazugesetzt, an einen Tisch, mit einem Stuhl an eine Tafel, an der alles hergerichtet ist. Aber das bedeutet es doch ganz und gar nicht, eigentlich heißt es doch begraben, das fasst die Bedeutung des Wortes doch viel mehr, schließlich setzt man sich nicht irgendwo hinzu, nein, man verlässt die Tafel, man steht von seinem Stuhl auf und verlässt den Tisch für immer, man setzt sich nie wieder dazu, die anderen sitzen dort in Zukunft allein, sehr allein. Eddie hatte ein Stück Wald vorgeschlagen, in der Nähe des Hofladens, zwei, drei Kilometer entfernt, ein Stück Odenwald-Erde unter Buchen, der Eingang zu einem Buchenwald, ohne Grabstein, ohne Kreuz. Man markiert heimlich seinen Baum, aber irgendwann vergisst man, wo genau er stand und welcher Baum es war, man läuft am Waldrand auf und ab und weiß nicht mehr, welcher Baum es war. Mir hat diese Vorstellung Angst gemacht, die Vorstellung, ich würde an einem Waldrand entlanglaufen und Clemens suchen, den Kindern zuliebe irgendwo stehen bleiben und vorgeben, es sei der richtige Ort, als sei es unser Baum, als sei es der Baum, unter dem Clemens' Asche liegt.

Wir hatten uns deshalb gestritten, ich hatte mit

Eddie geschimpft, wie ich noch nie mit jemandem geschimpft hatte, ich hatte mich über mich selbst gewundert, woher ich noch Kraft zum Schimpfen nahm, aber ich hatte sie, irgendwo in mir schlummerte dieser Rest an Kraft zum Schimpfen. Ich dachte, Clemens muss bei mir bleiben, Clemens muss in meiner Nähe bleiben, nein, ich kann ihn nicht an einem Waldrand zurücklassen, der nicht in meiner Nähe ist, ich will nicht mit dem Auto fahren müssen, um bei ihm zu sein, ich will mich aufs Fahrrad setzen und zu ihm fahren können, wann immer es sein muss, wann immer ich das will. Wir hatten uns auf den Hauptfriedhof geeinigt, ein Friedhof, der mitten in der Stadt liegt, aber doch nach ein bisschen Natur aussieht, wenn nicht Wald, dann doch nach etwas Natur, das war mein Kompromiss mit Eddie. Für mich war das gut, Clemens liegt in meiner Stadt, in der Stadt, in der wir gemeinsam lebten. Der Gedanke, Clemens ist nicht länger in der Stadt, in der wir zusammenlebten, hätte mich verrückt gemacht. Es war leichter auszuhalten, dass ich vor Jahren in meiner WG mit Blick auf diesen Hauptfriedhof meinen Kaffee getrunken hatte, ahnungslos, vorahnungslos, natürlich vorahnungslos, was sonst, zu einer Zeit, bevor Clemens dann in mein Leben trat und es umstülpte.

*

Sonntagmittag, dritter Advent. Am Morgen hat Elsa die dritte Kerze angezündet. Sie hat es mit einer Feierlichkeit und Ernsthaftigkeit getan, dass es etwas in mir wie unter Schmerzen zusammengezogen hat. Noch immer erwische ich mich dabei zu denken, wenn Clemens sie sehen könnte, wenn Clemens ihr zuschauen könnte, wenn er sehen könnte, wie sie gewachsen ist, wie sich ihr Gesicht verändert hat, ihr Haar, wie ihre Hände und Füße größer geworden sind, ihre Beine und Arme länger. Lilli hatte im rechten Augenblick angerufen und gefragt, ob wir hinausfahren wollen. Ich habe die Kinder sofort in ihre Winterjacken gesteckt, ihnen Handschuhe und Mützen gereicht, bin die Treppe mit ihnen hinab und habe vor dem Tor mit ihnen gewartet, bis Lilli mit dem Auto um die Ecke gebogen ist.

Das Wetter ist unentschieden, die Sonne hat sich kurz gezeigt und wieder versteckt. Ich kann schon von Weitem sehen: Unser Haus sieht verändert aus. Es hat ein Gesicht bekommen, sagt Lilli, sieht doch aus, als könnte es noch etwas werden mit unserem Haus. Es stimmt, es sieht nicht mehr aus wie eine Betonwunde, es hat ein Gesicht. Kann das wirklich in zwanzig Tagen passieren, geht das?, frage ich, und Lilli sagt, es kann, du siehst ja, wie es kann, ich habe dir doch gesagt, Bill wird für uns zum Heiligen, so kurz vor Weihnachten wird er zu unserem Weihnachtsheiligen, unserem persönlichen Weihnachtsheiligen, Saint Bill.

Lilli hat für Bill ein kleines Fotoalbum in Schwarz-weiß zusammengestellt, vielleicht zehn Blätter, darauf steht in großen Druckbuchstaben: house. Es sind Fotos mit Bill auf der Baustelle, Bilder vom Haus, vom Wald, von den kahlen kargen Obstbäumen. Fotos mit Brenner und Hallstein in der Einfahrt vor einem Haufen Backsteinen, mitten im Schneepuder, den Stiefelabdrücken darin. Bill in der Mitte, die Arme um die Schultern der anderen gelegt. Brenner und Hallstein ernst, Bill fröhlich, als wolle er sie zum Lachen bringen, als sei er dafür hier, als sei er deshalb gekommen. Lilli hat Bill neulich gefragt, für was das B in seinem Namen steht. Balthazar, hat er gesagt, es steht für Balthazar. Und jetzt, da sie es mir erzählt, erwidere ich, ja, dann passt es doch, Balthazar passt, er ist unser Gabenbringer, unser Heiliger König, ihm fehlt nur die Krone.

*

Einmal waren wir im April beim Haus gewesen, an einem Tag fast wie Sommer, fast. Die Forsythien zeichneten gelbe Zäune an die Wege, die Magnolien hielten sich bereit. Über allem stand eine leuchtende große Sonne. Wir fuhren mit herabgelassenen Fenstern hinter Mudau unterhalb des Waldes Richtung Osten und suchten nach einem passenden Stück Wiese. Lilli hatte den Picknickkorb aus dem Keller geholt und Proviant gepackt, panierte Hühnchen-schenkel, Kartoffelsalat, Gurken mit Dill, kleine Windbeutel in einer rosa Schachtel. Sie breitete un-ter zwei Kastanien ihre karierte Decke aus und sagte, hier, bitteschön, hier lässt sich der Frühling für uns herab, genau an dieser Stelle. Die Kinder spielten Fe-derball, hängten die Füße in einen Bach und flochten Löwenzahnketten, für Lilli und mich Armbänder aus Gänseblümchen. Am Nachmittag war der Himmel wolkenlos blau, gemalt in diesem grellen Aprilblau, das dann verschwindet, Mai und Juni haben ein an-deres Blau.

Unabhängig von der Jahreszeit kehrt dieser April-tag zu mir zurück, breitet sich vor mir aus, stellt sich auf wie ein Bild, das ich betrachten soll. Mit seinen zwei Kastanien, seinem Bach, seinem wolkenlosen Himmel. Als wollte er sagen, sieh mich an, es hat mich gegeben, sieh mich an, damit du nicht vergisst, es hat mich gegeben. Selbst jetzt, da draußen Lichter-ketten blinken, in den Geschäften Weihnachtsmusik läuft und die Menschen im Schleudergang durch die Stadt eilen, bepackt mit Tüten, kehrt dieser Früh-lingstag zu mir zurück. Ich halte mich fest an diesem Tag, weil damals in meinem Kopf etwas geschehen ist, sich etwas in ihm gedreht und verschoben hat, in Bewegung geraten ist oder aufgehört hat, sich in die falsche Richtung zu bewegen. Ich hatte die Kin-der damals angeschaut und gedacht, es geht weiter, mein Leben geht weiter, selbst ohne Clemens kann es weitergehen. Meine Tage ergeben doch ein Leben, trotz allem ergeben sie mein Leben. Ich hatte Lilli angeschaut und gedacht, sie dreht mein Leben weiter, sie dreht mein Leben ohne Clemens weiter. Backt Windbeutel, stellt sie in einen rosa Karton, paniert Hähnchenschenkel, bläst den Staub vom Picknickkoffer, lässt die Fenster vom Auto herab, um durch den Frühling zu fahren, und dreht mein Leben weiter, dreht es für mich, für Luis, Elsa und mich einfach weiter.

✳

Am Morgen sitzt Lillis Vater im Café. Gleich nachdem Lilli das Gitter hochgelassen und die Wandlichter angeknipst hat, sitzt er schon am Fenster, mit Blick auf die surrende Straßenbahn, die Richtung Zentrum fährt, auf die Menschen mit hochgeschlagenen Kragen, Taschen und Regenschirmen, die einsteigen oder aussteigen, sich wie jeden Tag um diese Uhrzeit schnell auf die nahen Straßen verteilen. Er trinkt einen Weihnachts-Earl-Grey und knabbert an einem Marzipanhörnchen. Ein schlaksiger, knochiger Mann in dunklem Wollpulli, mit Hornbrille und Burberry-Schal, der seine Initialen trägt, ein Geschenk von Lillis Mutter. Ein personalisierter schottischer Kaschmirschal, den Burberry an der

Goethestraße wegen der Stickerei nicht mehr hatte zurücknehmen wollen.

Seit Lillis Mutter gestorben ist, ist Lillis Vater nicht kleiner, sondern größer geworden. Als hätte er wieder zu atmen begonnen und sei damit größer geworden, über seinen eigenen Scheitel hinausgewachsen. Aber das hat gedauert, das ging nicht von heute auf morgen, er musste dafür lange durch das Haus in der Nordweststadt spazieren, sich viel Zeit fürs Spazieren nehmen, durchs Erdgeschoss zum Garten, die Treppe hinauf und dann lange durch jedes Zimmer mit den vielen Dingen, die Lillis Mutter von seinem Geld gekauft hatte. Für Besucher vielleicht hübsche Dinge, für Lilli und ihren Vater nur Zeugen einer Krankheit. Eine Krankheit, die einem vorgibt einzukaufen, hat Lilli damals gesagt, eine Krankheit, die in den manischen Phasen das Einkaufen vorgibt, dir sagt, kauf jetzt den ganzen schwachsinnigen Kram, den du nicht brauchst. Den niemand braucht, der keinem nützt. Mit dem du deinen Mann ruinierst, dein Kind ruinierst, deine Familie ruinierst, mit dem du ihnen die Grundlage entziehst, den Boden für ihr Leben, kauf es! Bestell Essen beim Feinkost-Caterer für zwanzig Leute, auch wenn nur fünf kommen, und wirf den Rest einfach weg! Wirf ihn einfach weg! In die nächste Mülltonne, zusammen mit den Sicherheiten deiner Familie, ihrem Gefühl von Verlässlichkeit und festem Boden, wirf alles weg!

Lillis Vater hat nie gesagt, dass er für seine Tochter ein anderes Leben vorgesehen hatte, aber es steht in seinem Gesicht. Ich sollte besser sagen: Es stand in seinem Gesicht. Seit einiger Zeit hat es zu verschwinden begonnen, ich finde, es ist weniger geworden, ich kann es in seinem Blick nicht mehr so sehen, wie ich es früher mühelos sehen konnte, ich kann es auch im Unterton seiner Sätze so nicht mehr hören, wie ich es früher ständig gehört habe. Früher hat er sich über vieles beschwert, über Lillis frühes Muttersein, über Lillis Zeit in Madrid, über Lillis Fotografie, über Lillis Geldmangel, über Lillis Männer, die nie lange blieben, vielleicht weil immer Claire die Hauptrolle in Lillis Leben spielte und das jedem schnell klar war – die Hauptrolle in Lillis Leben war schon besetzt. Aber seit einer Weile ist Lillis Vater ruhiger geworden, mit den Beschwerden hat er aufgehört, er hat sie verstummen lassen. Vielleicht seit er gesehen hat, Lilli kann gut mit allem leben. Lilli kann davon leben, dass sie morgens unser Café öffnet und die Kaffeemaschine anwirft, Wasser eingießt, Espressobohnen auffüllt, den Konditor empfängt, Listen und Bestellungen abhakt, die Lieferscheine abzeichnet. Sie kann davon leben, dass sie Kunstblumen Ton in Ton zusammenbindet und im Fenster zu einem Himmel arrangiert, davon, dass sie auf einer Schiefertafel am Eingang den Kuchen des Tages ankündigt. Heute, als Lillis Vater das Café betreten hat, hat sie in ihren großen weichrunden Kreidebuchstaben geschrieben: Engadiner Nuss. Auf Wunsch mit Zimtsahne.

✳

Brenner ruft mich am Abend an. Er sagt, die Fenster sitzen. Dann sagt er nichts mehr, wartet aber. Ich frage, Herr Brenner, ist noch etwas? Er sagt, Bill möchte Heiligabend im Haus bleiben. Ob das für mich in Ordnung sei? Ja, sicher ist das für mich in Ordnung, ja, natürlich, was sollte ich dagegen haben, sage ich, denke aber, kein Mensch kann über Nacht in diesem Haus bleiben, es ist viel zu kalt. Gut, also dann, frohe Weihnachten, sagt Brenner. Ja, frohe Weihnachten, Herr Brenner, und schon jetzt alles Gute fürs neue Jahr.

Ich setze mich an den Küchentisch und schreibe mit weißem Stift in großen Buchstaben Claire auf ein rotes Kuvert. Mein Weihnachtsgeschenk für Claire wird eine Reise nach Norwegen sein. Ich habe ihr für die Semesterferien ein Fährticket gebucht. Kiel-Oslo mit Schlafkabine. Drei Übernachtungen in Oslo, geführte Tour nach Ekely, zu Edvard Munchs Atelier mit den großen Glasfenstern, dann Weiterreise nach Kragerø, zu seinem Ufer, seinen Stränden, seinem Munch-Strand, an dem Edvard Munch vor hundert Jahren auf das bleierne Nordmeer geschaut hat, auf seine Wikingerwogen. Sicher mit irgendeiner Art von Sehnsucht. Undenkbar, dass es keine gab. Mit einem Loch im Herzen, wie Lilli sagen würde, kleiner oder größer. Nein, Lilli wird es nicht gefallen, sie wird nicht mögen, dass ich in ihrer Tochter etwas beschleunige und nicht etwa ausbremse, wie Lilli sich das wünschen würde. Ist mir aber gleich, ist mir in diesem Jahr einfach gleich, Lilli wird wütend auf mich sein, aber irgendwann aufhören damit. Also nehme ich es in Kauf. Claire hat schließlich schon lange vor, dorthin zu reisen, da kann sich Lilli noch so taub stellen.

*

Am Dreiundzwanzigsten haben wir unsere kleine Weihnachtsfeier. Eine Mini-Tradition, seit wir das Café haben. Nach Ladenschluss stellen wir die Tische zusammen, in der Mitte steht ein großer Topf Suppe vom Metzger, dazu gibt es dunkles Brot mit Gänseschmalz und grobem Salz. Wir feiern mit unseren Aushilfen, unserem Konditor, Claire ist da, Ursel, Bill ist gekommen. Bill trägt keine Trevirahosen mit Gummizug, auch keine billigen Turnschuhe, er trägt eine graue Wollhose, dazu einen dunklen Rollkragenpullover und sieht fast elegant aus. Niemand hat Zeit am Abend vor Heiligabend, niemand hat die Muße, sich ausgerechnet am Dreiundzwanzigsten zusammenzusetzen, dennoch sitzen wir zusammen und essen Kartoffelsuppe, keiner hat abgesagt, alle sind gekommen. Es gibt etwas, das sich nur an diesem Abend einstellt, nur in unserem Café, nur an diesem Ort, nur zu dieser Stunde, und wenn es sich einstellt, wollen alle dabei sein. Deshalb sagt niemand ab. Selbst unser Konditor ist gekommen, obwohl er die ganze Woche gesagt hat, es geht eigentlich nicht. Heute Morgen, als er den Kuchen gebracht hat, hat er noch einmal gesagt, wahrscheinlich wird er es nicht schaffen. Aber jetzt steht er in der Tür und hält einen Karton in beiden Händen, den er noch vor dem Essen für uns öffnet: Lebkuchenmänner, verziert mit weißem Zuckerguss, aufgefädelt an roten Bändern. Für euren Christbaum, sagt er.

Lilli hat Punsch gekocht. Mit Orange, Zitrone, Nelken, Kardamom. Der Konditor öffnet eine Flasche Champagner und schenkt ein, wir stoßen an und trinken. Das Feiern geht los, einen Abend vor Heiligabend geht das Feiern für mich los, mein Vor-Weihnachten, mein Prä-Weihnachten. Lilli verteilt Geschenke, kleine samtgrüne Päckchen mit weißer Schleife. Es sind Winzigkeiten. Hübsche Winzigkeiten, ein Keks, auf dem der Name steht, Schokolade am Stiel, mit der man Kakao kochen kann, kleine Schokoladentafeln mit Zimt, mit Mandelaroma, Vanille. Seit es diese Tradition gibt, freue ich mich über nichts mehr als über dieses kleine

Lilli-Päckchen am Abend vor Heiligabend. Es fasst das Jahr für mich zusammen, es sagt mir, es war ein gutes Jahr für dich. Auch wenn du geglaubt hast, es würde keines werden, ist es doch so gekommen, sieh dieses kleine Päckchen an, es sagt dir, dieses Jahr war gut, dein ausklingendes Jahr war gut zu dir, Lilli hat es für dich in diesem kleinen Päckchen zusammengefasst, in dieser Schleife, diesem samtgrünen Papier hat sie es für dich zusammengefasst, damit du daran erinnert wirst und siehst: Es war ein gutes Jahr für dich.

Claire verteilt Blätter mit Noten und Text, *Es ist für uns eine Zeit angekommen,* Bill singt mit uns, er summt die Melodie, er kennt den deutschen Text nicht, aber die Melodie kennt er, später singt er allein, drei, vier Lieder später singt er allein, *Go, tell it on the mountain, over the hills and everywhere.* Bill singt mit Begeisterung, *that Jesus Christ is born,* als wolle er es jetzt, in diesem Augenblick so verkünden, wie es im Text heißt, als wolle er sofort hinaus über die Straßenbahngleise, hinaus aus der Stadt und über die Berge, auf den Hügeln seine frohe Botschaft hinausposaunen und in die Welt tragen. Er singt wie ein Kind, etwas in seinem Gesicht lässt ihn schauen wie ein Kind, lässt ihn aussehen wie einen Jungen, etwas in seinem Blick hat sich verschoben, verändert, etwas ist von Bill abgefallen, etwas hat er dazugewonnen, ich kann es sehen, ich kann es in seinem Gesicht ablesen. Ich denke, jetzt, ja, jetzt ist dieser Augenblick gekommen, wegen dem alle hier sind, jetzt ist er da.

✳

Vierundzwanzigster Dezember, Heiligabend. Ich wache früh auf, Heiligabend legt diese Aufregung auf mich, ein Gefühl zwischen Verweigerung und Freude. Angst hat sich dazugemischt, seit Clemens nicht mehr da ist. Eine zwar kleiner gewordene, aber wiederkehrende Angst, die ich erst nach Weihnachten abstreifen kann. Mittags klingelt Lilli an der Tür und sagt, wir sollen uns warm anziehen. Sehr warm anziehen. Sehr, sehr warm anziehen. Ich frage nicht, ziehe Skiunterwäsche aus den Schränken, dicke Wollsocken, die ganze Palette unserer Outdoorkleidung, Skihosen, Moonboots. Du brauchst nichts mitzunehmen, nur deine Geschenke, sagt Lilli. Für Luis und Elsa hat sie wie jedes Jahr Kronen gebastelt, goldene Kronen mit bunten Steinen, sie setzt Luis seine Krone auf, nimmt sein Gesicht zwischen die Hände und sagt, du siehst aus wie ein herrlicher König, der einem Stern folgt und eine Krippe sucht.

Wir fahren aus der Stadt Richtung Süden, wir fahren nach Kirchzell hinaus, Lilli sagt, du wirst sehen, ich mache es möglich, Bill kann bleiben, ich finde einen Weg, irgendeinen Weg finde ich, über die Gemeinde, über meinen Vater, irgendeinen Weg finden wir für Bill. Damit er nicht zurück muss in seine Hurrikanlandschaft, in seine hauslose Hurrikanlandschaft ohne Familie.

In unserem Haus brennt Licht, ich höre Stimmen. Eddie und Katja sehe ich, in dicken Mänteln, Mützen und Schals. Sie sehen aus wie Polarforscher auf ihrer Forschungsstation. Als würden sie unser Klima ausmessen, Staubpartikel zählen, die Veränderung von Magnetfeldern oder den Lebensraum von Eisbären in Statistiken gießen. Ich sehe Eddies Mutter. Eddies und Clemens' Mutter. Ich sehe Clemens' Gesicht in ihrem. Ich habe es mir nicht verboten. Die Kinder laufen auf sie zu, umschlingen sie. Sie lacht und sagt, wenn ihr nicht an die Küste kommt, komme ich zu euch. Sie umarmt mich lange und zeigt zum Tisch, zwei Türen auf Böcken, Bill und Lillis Vater haben ihn gedeckt, keine Elektrik, keine Lichterketten, nur echte Kerzen, dicke rote und weiße Kerzen, sie müssen aus Eddies Laden sein, nur er verkauft solche Kerzen. Ich rechne schnell durch, für zehn ist gedeckt, zu zehnt sind wir, so wie ich es mir immer ausgemalt habe. Zehn Leute mit festen Plätzen, die sich beim Sitzen nicht an die Ellbogen stoßen – nein, kein Ellenbogentippen bei Tisch.

In einem Eimer mit Sand hat Bill einen Baum aufgestellt, der diesen Duft verbreitet: Wald, Odenwald, Gipfelhöhe, Himmelsnähe. Ein fast deckenhoher, saftig-grüner, von Moos und Wald sprechender, von Farn und Unterholz grüßender Baum, den keine Heizungsluft austrocknen wird. Bill hat ihn mit Brenner und Hallstein transportiert. Er hat sie davon überzeugt, dass wir an Heiligabend hier dringend einen Baum brauchen. Brenner und Hallstein wundern sich bei Bill bestimmt über nichts mehr. Also werden sie sich auch nicht über einen Baum gewundert haben, der an Heiligabend in unserem unfertigen Haus stehen soll – das jedoch so an Gestalt gewonnen hat in den letzten Wochen, dass wir Heiligabend darin verbringen. Bill hat ihnen am Morgen Geschenke gebracht. Kleinigkeiten für ihre Kinder, Malbücher, Stifte. Für Brenner einen Zollstock, weil er seinen ständig verlegt. Einen grellroten Zollstock, gut sichtbar. Wenn Bill hier war, ging er jedes Mal die Strecke zu ihren Häusern hoch, quer durch den Wald, dann das kurze Stück an der Straße. Kein Tag ist vergangen, an dem er das nicht getan hätte.

Claire hat im Grünen Baum Essen bestellt, das auf Stövchen steht, die mit einer Gaskartusche verbunden sind. Eddie und Katja haben den Rest gebracht, alles, was nicht warmgehalten werden muss, Delikatessen aus ihrem Hofladen. Tomatenpesto, Auberginenpesto, Pflaumen- und Birnen-Chutney, Preiselbeermarmelade, frisches Brot mit Walnüssen. Bevor wir uns setzen, schlägt Lilli mit einem Löffel gegen ihr Glas. Sie sagt, in diesem Advent ist jemand in unser Leben gekommen, der unserem Haus ein Gesicht gegeben hat. Nicht nur Fenster und ein Dach, sondern ein Gesicht. Bill schaut zu Boden und sagt, er bleibt, bis das Haus fertig ist, sein Geschenk an uns, sein Weihnachtsgeschenk. Hier, bitteschön, eure Bescherung, sagt er, und ich muss in diesem Augenblick an den Himmel denken, unter dem seine Vorfahren standen und um ein gutes Jahr gebeten haben. Ich kann für mich sagen, ja, es war ein gutes Jahr, dieses ausklingende, ausgehende Jahr war ein gutes. Bill sagt, er wird so lange bleiben, bis wir unser Haus an den Wochenenden füllen können, hinausfahren, sobald das Café geschlossen ist, uns an den Samstagabenden vors Haus setzen, auf Obstwiese und Wald schauen und die Mücken von unseren Armen streifen. Das könnte nächsten Sommer sein, fährt er fort, Sonntagmorgen könntet ihr hier aufwachen und die Kirchenglocken von Kirchzell, Ottorfszell und Breitenbach hören, die sich hier vermischen.

Später flüstere ich Lilli zu, es ist zu kalt, um hier zu schlafen, wir dürfen es Bill nicht erlauben. Aber Lilli wehrt ab, sie hebt die Hände, schüttelt den Kopf und wehrt meine Einwände ab. Sie deutet auf einen Stapel Decken und Matten in einer Ecke, einen dicken Schlafsack. Bill ist vorbereitet, über Nacht zu bleiben. Vielleicht hat er über Wochen Decken und Matten gesammelt, um an Heiligabend hier schlafen zu können. Vielleicht wird er auch nicht schlafen.

Vielleicht ist schlafen gar nicht das, was er heute tun möchte. Vielleicht ist schlafen in dieser Nacht Zeitvergeudung, Verschwendung von Zeit, ein nutzloses, achtloses Vertun von Zeit. Vielleicht will er sich in Decken hüllen, seine Plastikblumen in Sichtweite aufstellen, seinen Blick hinaus zur Obstwiese schicken und zum samtigen Weihnachtshimmel darüber.

Weit nach Mitternacht brechen wir auf und gehen hinab zur Straße. Lilli hat den Kofferraum geöffnet, unsere Dinge eingeladen. Eddie und Katja haben alles zusammengepackt, das schmutzige Geschirr in einer Wanne zum Auto getragen, wir haben Katja und Eddie umarmt und ihnen hinterhergewinkt, Eddie hat die Fenster herabgelassen und Frohe Weihnachten! gerufen. Dann hat er den Warnblinker eingeschaltet, bis sie an der Ecke abgebogen und wenig später hinter dem Wald verschwunden sind.

Ich sage zu Lilli, warte, lass uns stehen bleiben, lass uns noch einen Augenblick stehen bleiben, lass uns nicht gleich fahren. Es ist kalt. Mir ist kalt. Jetzt, nach Stunden, spüre ich die Kälte. Ich werfe die Arme um mich selbst und steige von einem Fuß auf den anderen. Die Kinder haben die Kapuzen aufgezogen, schmiegen sich an Clemens' Mutter. Der Himmel zeigt sein bestes Wintergesicht. Hell leuchtende Nacht. Das Universum schickt seine Grüße. Mir und den Kindern. Nein, ich will keinen großen Gedanken denken, keinen zu großen, keinen so großen Gedanken, dass ich ihn wegen seiner Größe nicht aushalten könnte. Aber Claire hakt sich bei mir unter, Lilli legt den Kopf in den Nacken und sagt, schaut mal alle, seht mal alle her, Gott über uns, da ist er. Alle schauen hoch. Luis fragt, wo? Und ich denke, Clemens sendet seine Grüße. Weihnachtsgrüße. Heiligabendgrüße. Grüße an seine Kinder. Grüße an mich. Es tut gerade nicht weh. Nichts tut gerade weh.

Wir gehen ein paar Schritte zurück Richtung Haus, um es noch einmal anzusehen. Lilli legt den Arm um mich, die Kinder laufen ihren Atemwolken nach, hüpfen, springen, jagen sich, sie sind nicht müde, kein Fünkchen müde, heute Abend haben sie kein einziges Mal gegähnt. Wir bleiben stehen und schauen durchs Fenster. Durch das Fenster, das Bill eingesetzt hat. Ein großes, bodentiefes Fenster in einem Holzrahmen, so wie ich es mir all die Jahre ausgemalt hatte. Bill hat das Radio angestellt, ein kleines batteriebetriebenes Radio, das Brenner und Hallstein gehört. Bill tanzt. Ich sehe Bill tanzen. Ich kann sehen, wie er die Arme hebt. Er dreht sich, zieht seine Bahn durch den Raum, der allein ihm gehört. Ich kann ihn mitsingen hören. So here it is *Merry Christmas, everybody's having fun. Look to the future now it's only just begun,* klingt es aus unserem Haus – die Zukunft hat soeben begonnen, klingt es aus unserem halbfertigen Haus, in dem wir gerade Heiligabend gefeiert haben. Soeben hat die Zukunft begonnen. Ich sage laut, frohe Weihnachten, Bill. Dir, lieber Bill, frohe Weihnachten. Ein Vogel flattert über uns auf. Ein Vogel, zu dem Bill vielleicht schon einmal gesprochen hat, so ein bird of the singing kind. Wir drehen uns um und gehen.

Sascha Michel / Jürgen Hosemann (Hg.)
Weihnachtsgeschichten für glückliche Stunden

»Weihnachtsgeschichten für glückliche Stunden« ist das per-
fekte Geschenkbuch für die schönste Zeit des Jahres. Es ver-
eint klassische Weihnachtstexte mit zeitgenössisch-über-
raschenden und spannt einen leuchtenden Bogen von der
adventlichen Vorfreude bis zur Aussicht auf Silvester.
Mit Weihnachtstexten von Zsuzsa Bánk, Theodor Fontane,
Roger Willemsen, Joachim Ringelnatz, Helga Schubert, Jo-
seph Roth, Ulrich Tukur, Hans Fallada, Ilse Aichinger,
Wolfgang Borchert, Thomas Hürlimann, Else Lasker-Schü-
ler, Elias Canetti, Marie von Ebner-Eschenbach und vielen
anderen.

192 Seiten, broschiert

Weitere Informationen finden Sie auf
www.fischerverlage.de

Robert Gernhardt
Weihnachten mit Robert Gernhardt

Das Weihnachtsfest verbindet sich mit einer der bekanntesten Geschichten der Welt und ruft so die Nacherzähler ebenso auf den Plan wie die zweifelnden Zuhörer. An Weihnachten knüpfen sich schöne wie schreckliche Kindheitserinnerungen, abendländische Hochkunst ebenso wie unglaublicher Kitsch. In all dies Facetten schillert das Weihnachtsfest über alle Gattungsgrenzen hinweg in Gernhardts Gesamtwerk. Der vorliegende Band ist eine neue Auswahl aus der unerschöpflichen Fundgrube des Gernhardt'schen Werks und versammelt seine witzigsten, schönsten und nachdenklichsten Gedichte, Geschichten und Zeichnungen zum Fest.

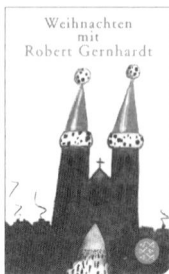

176 Seiten, gebunden

Weitere Informationen finden Sie auf
www.fischerverlage.de

Theodor Fontane
Weihnachten mit Theodor Fontane
Herausgegeben von Michael Adrian
Band 90218

Noch einmal ein Weihnachtsfest,
Immer kleiner wird der Rest,
Aber nehm' ich so die Summe,
Alles Grade, alles Krumme,
Alles Falsche, alles Rechte.
Alles Gute, alles Schlechte –

Rechnet sich aus all dem Braus
Doch ein richtig Leben raus.
Und dies können ist das Beste
Wohl bei diesem Weihnachtsfeste.

Theodor Fontane

Das gesamte Programm von Fischer Klassik
finden Sie unter:
www.fischer-klassik.de

Fischer Taschenbuch Verlag

Weihnachten mit Kurt Tucholsky

Herausgegeben von Axel Ruckaberle

Band 90310

Das Christkind kommt! Wir jungen Leuten lauschen
auf einen stillen heiligen Grammophon.
Das Christkind kommt und ist bereit zu tauschen
den Schlips, die Puppe und das Lexikohn.

Die romantischen Bilder der traditionellen Weihnachtszeit
geraten bei Tucholsky in Schieflage, in der modernen Welt,
im leichten Berliner Dialekt. Und auch die Vorfreude der
Adventszeit hält dem skeptischen Blick nicht stand: »Wieder
haben wir einen Kalender heruntergerissen – / o mein Gott,
ist dieses Leben beschmissen.« So ist ›Weihnachten mit
Tucholsky‹ eine erholsam unsentimentale Festtagsbeglei-
tung. Und doch: »Ach ja, so'n Christfest ist doch ooch janz
scheen!«

Das gesamte Programm von Fischer Klassik
finden Sie unter:
www.fischer-klassik.de

Fischer Taschenbuch Verlag

Charles Dickens
Weihnachtsgeschichten
Band 90113

Allein zu Hause, an Weihnachten? Der knallharte Geschäfts-
mann Ebenezer Scrooge bekommt Besuch. Allerdings aus
der Geisterwelt: Weihnachtsgeister aus Vergangenheit, Gegenwart und Zukunft sorgen dafür, dass der fiese Geizhals
sich nicht mehr wohl fühlt in seiner Haut. Aber kann Weihnachten einen besseren Menschen aus uns machen?

Inhalt: ›Weihnachtslied‹, ›Der Behexte und der Pakt mit dem
Geiste‹, ›Die Silvesterglocken‹, ›Auf der Walstatt des Lebens‹

Das gesamte Programm von Fischer Klassik
finden Sie unter:
www.fischer-klassik.de

Fischer Taschenbuch Verlag